एक सौ
आठ

एक सौ आठ

तराना परवीन

ISBN : 9789386534941

प्रथम संस्करण : 2019 © तराना परवीन
EK SAU AATH (Stories)
by Dr. Tarana Parveen

राजपाल एण्ड सन्ज़
1590, मदरसा रोड, कश्मीरी गेट, दिल्ली-110006
फोन : 011-23869812, 23865483, 23867791
e-mail : sales@rajpalpublishing.com
www.rajpalpublishing.com
www.facebook.com/rajpalandsons

क्रम

एक सौ आठ

"**भा**ड़ में जाये ऐसी नौकरी, ये साली 108 तो मैं अब और नहीं चलाने का,'' घर के बाहर पड़े खाली कनस्तर को लात मारते हुए भुनभुनाता हुआ सतीसे के घर में चारपाई पर बैठते हुए बोला महेस।

''क्यों बे क्या हुआ? बाल-बच्चों को फिर भूखा मारेगा? और ये जो चौथा पैदा किया, उसका क्या? हराम का पिल्ला है क्या? क्या खिलायेगा उसे?'' सतीसे ने कहा।

''अरे साले, देखा नहीं तेने मेरी बीवी ने तड़प-तड़प के घर पे ही बच्चा जन दिया और मैं साला उसका आदमी, बच्चे का बाप, एम्बुलेंस में ज़माने भर के लोगों को अमरजेन्सी के नाम पे अस्पताल पहुँचाता रहा। मेरे घर की अमरजेन्सी कुछ नहीं? पड़ौसी, जो मेरी बीवी को अस्पताल न पहुँचाते तो आज मेरे तीन बच्चे बिन माँ के हो जाते। वो साली बुढ़िया, एक पैर में ज़रा-सी चोट ही तो थी, साली ने क्या नाटक किये हैं, जल्दी चला, जल्दी चला, चिल्ला-चिल्लाकर साली ने हाथ-पैर फुला दिये। रास्ते में ही तो घर था मेरा, पाँच मिनिट रुकने नहीं दिया ताकि मैं अपनी बीवी को भी साथ ही बिठाकर अस्पताल ले आता। न रात का चैन न दिन का आराम, न तीज, न त्यौहार और ऊपर से ये मुर्दे।''

''वा छोड़ यार...अब जान मत जला, बीवी ठीक, बच्चा ठीक और बच्चा बारा दिन का हो गया है, तू अपनी नौकरी की बारा क्यूँ बजा रहा है? अब कितने दिन तक रोयेगा?''

''कैसा यार है तू मेरा, तेने पूछा नहीं कि होली के दिन मैं कहाँ था?

तुझे सारे दिन याद नहीं आई अपने यार की ?''

''बता रे महेस तू होली के दिन भी घर नहीं आया, किसके साथ रंगरेलियाँ मनाई तेने ? बोल ?'' महेस को कोहनी मार एक आँख छोटी कर सतीसे ने मुस्कुराकर पूछा।

''खून से सनी लाशों और घायलों के साथ,'' महेस झल्लाया।''दिन भर अस्पताल के चक्कर काटे हैं, शहर की कौन-सी कच्ची बस्ती नहीं देखी ? ये भी साले क्या खून की होली खेलते हैं, सारी दोस्ती-दुश्मनी लाल रंग के साथ निकालते हैं, किसी ने किसी को दोस्ती में जादा पिला दी, किसी ने दुश्मनी में गले लगा पीछे से चाकू घोंप दिया, किसी ने खुद ही पी के नाली में गिरकर हड्डी-पसली तोड़ ली। किस-किस को अस्पताल पहुँचाऊँ मैं ? फ़ोन-पे-फ़ोन, यहाँ जाओ, वहाँ जाओ। घनचक्कर बना दिया सालों ने। अरे वो छगनवा था ना, उसकी बीवी ने परसों होली के दिन फाँसी लगा ली। लाश लेने पहुँचे तो पड़ौसिन बोली कि एक दिन पहले कह रही थी कि होली के दिन इस रंगीले आदमी के रंग मैं ऐसे छुड़ाऊँगी कि ज़िन्दगी भर होली मनाना भूल जायेगा, तीन-चार महीने पहले भी भाभी ने मुझे बुलाया था। बोली थी कि छगनवा को समझाओ, तुम्हारा दोस्त है, नहीं माना तो बहुत बुरा होगा। घर में गोरी-चिट्टी बीवी के होते हुए भी उसकी इज़्ज़त नहीं कर इधर-उधर मुँह मारे है।''

''तेने पूछा नहीं छगनवे से कि साले अब तो चुप बैठ, ये साला अपन तो उसकी पुरानी आदत जानते हैं।''

''पूछा, तो बोला कि कुछ नहीं यार, लुगाई शक्की है। इधर मुर्दा भाभी को 108 में डालकर अस्पताल ले गया, उधर पुलिस छगनवे को ले गई जीप में डालकर। बीवी गई ऊपर, मर्द गया अन्दर, ये हुआ प्यार की सादी (लव मेरिज) का अंत। यार भाभी का चेहरा देख के पुराने दिन याद आ गये। इसकी सादी में कित्ता नाचे थे अपन। जमके उधम मचाया था। भाभी का लाल रंग की साड़ी में गोरा चेहरा, किसी फ़िल्मी हिरोइन से कम नहीं था। यार बस उसी दिन मैंने तो सोचा था, बीवी चाहे कित्ती भी गरीब घर की हो, किसी भी धरम की हो, हो बस गोरी ही। पर यार...जो गोरी औरत होवे है ना वो आदमी की ज़रा-सी बेवफ़ाई भी बर्दास्त नहीं करे, ज़रा भी इधर-उधर नहीं

झाँकने देवे है। बिलकुल ही 108 की तरह होवे है, वो चाहे, जब वो चले तो सब उसी की ओर देखें और जब बोले तो सब उसी की सुनें, जिस तरह 108 के सड़क पर चलते ही सब लोग उसकी नीली बत्ती को देखे हैं और उसकी 'टोंय-टोंय, टोंय-टोंय' की आवाज़ सुनकर एक ओर हट रास्ता दे देवे हैं। पूरे रास्ते भाभी की लाश मेरी सीट के पीछे 108 में पड़ी रही, वो ही दुल्हन वाली लाल साड़ी, वो ही गोरा रंग, पर मुझे बार-बार ये ही लगे था कि मुझसे पूछ रही हो—बताओ क्या मेरा आदमी सही था? तुमने उसे समझाया क्यों नहीं? मुझ पे बड़ा भरोसा था उसे। उसे पता था कि मैं उसकी तरफ़ हूँ। रात को जब घर आकर लेटा तो रात भर नींद नहीं आयी। बार-बार वो ही लाल साड़ी में लिपटा गोरे रंग का भाभी का मुर्दा चेहरा सामने आता और पूछता कि तुमने उसे समझाया क्यों नहीं?, तुमने उसे समझाया क्यों नहीं? मेरी मौत के ज़िम्मेदार तुम ही हो। मैंने छगनवे को शायद ढंग से समझाया होता तो आज भाभी ज़िन्दा होती। यार इस छगनवे की लुगाई ने मेरी रात काली कर दी। रात भर करवटें बदलता रहा। इधर करवट बदलूँ तो वो दिखे, उधर करवट बदलूँ तो वो दिखे। लाल साड़ी, गोरा रंग मुर्दा चेहरा, सवाल पर सवाल...किस काम की ऐसी चाकरी, उठते-बैठते घायलों की चीखें। मुर्दों की बातें, घरवालों का रोना। ये मुर्दों की दुनिया में मुझे और नहीं रहना, बस,'' महेस ने बात खत्म की।

''अरे यार तू इत्ता नहीं समझता कि तेरी नौकरी तो बड़ी सेवा वाली है, किस्मतवाला है रे तू तो,'' सतीसे ने समझाया।

''भाड़ में जाये ऐसी किस्मत और साली सेवा। कौन मानता है मेरी सेवा, मेरा एहसान? इत्ते ट्रेफ़िक में 108 दौड़ाता-भगाता घर लेने पहुँचता हूँ, मरीज़ों को अपनी ज़िन्दगी दांव पे लगा के पूरी तेज़ी और फुर्ती से अस्पताल पहुँचाता हूँ कि कहीं लेट हो गया तो इलाज में देरी से मर न जाये, नहीं तो सारी ज़िम्मेदारी मेरी होगी। ऊपरवाले को क्या जवाब दूँगा? अपने घर के सारे कामकाज छोड़ ओवर टेम करता हूँ। मेरे अपने रिश्तेदारों, दोस्तों की मौत, उठावना, बारहवाँ में न जाकर दौड़ता हूँ कि जो मर गया वो तो वापस नहीं आयेगा, पर जो ज़िन्दा है उसे तो बचाऊँ। पर 108 से उतरने के बाद कौन साला मुझसे बात करता है? कोई धनवाद तक नहीं देता कि भाई समय रहते

पहुँचा दिया, सब डॉक्टर के पास दौड़ते हैं मुझे भूलकर, उसी का एहसान मानते हैं, फ़ीस, पैसा, मिठाई अपनी साली कौन-सी सेवा और कौन-सा एहसान? अपन तो बस एक आम डिरेवर हैं...और कुछ नहीं,'' महेस ने गहरी साँस ली।

''बात तो तू सच ही कहे है, पर नौकरी तो करनी ही पड़े है, पर तू ये बता सच-सच कि एक हीज दिन में अएसा क्या हुआ कि तूने जमी-जमाई, लगी-लगाई नौकरी को साली लात मारने की ठान ली?''

''एक हीज दिन नहीं पाँच सालों से मुर्दें, घायलों की सवारी उतारते-चढ़ाते मैं पगला गया हूँ। मुर्दावाड़े का माहौल सही नहीं है यार। दिन भर रोना-दुख। मुर्दें पीछे वाली सीट पे होते हैं तो उनसे बात करता हूँ, रात को सोता हूँ तो उनसे बात करता हूँ, मैं ज़िन्दा लोगों से कब बात करूँ? फुर्सत ही नहीं देता यह मुर्दावाड़ा। और सच पूछ जब मुर्दें पीछे वाली सीट पे होते हैं तो थोड़ा डर, घबराहट तो होती ही है। रास्ते भर उनसे बात करता चलता हूँ। सोचता हूँ कि बात नहीं करूँगा तो कहीं बुरा न मान जाये कि साला डिरेवर कित्ता घमण्डी है। लगता है कि जैसे कोई मेरे घर मेरी 108 में मेहमान आया है। वो भी दो पल का और उसके आखिरी सफ़र का साथी हूँ मैं। मुर्दों से पूछता हूँ, 'भाई साब आपको ऐसी क्या बीमारी हो गयी थी, जो इतनी जल्दी दुनिया छोड़कर चल दिये? बहन जी आपको क्या हुआ था जो ऐसी हालत हो गई? अरे जवान तुझे क्या हुआ जो आत्महत्या कर ली? सब ऐसोआराम का सामान तो था तेरे पास, मुझे देख बस खाना मिल जाता है, उतने में ही चल रही गाड़ी।' जली हुई औरतें देखता हूँ तो मन होता है इसके घरवालों को मैं आग लगा दूँ। अगर खुद जली होती है तो उससे कहता हूँ कि बहन जी जलने की क्या ज़रूरत थी? अपने पीहर चली जातीं, नहीं तो मेहनत मजूरी कर दोज़ून की रोटी कमा कर खा लेतीं। लानत है ऐसी मुर्दानगी पर। किसी खूबसूरत लड़की की लाश ले जाता हूँ तो उससे कहता हूँ कि इतनी खूबसूरत हो, मरने की क्या ज़रूरत? लोग तुम पे मरते होंगे, फिर ध्यान आता है कि लाश है कहीं नाराज़ हो के भूत बन रात को पायल की छम-छम से डराये-सताये ना तो माफ़ी माँगता हूँ कि माफ़ करना बहन जी, मैं भी आखिर आदमी ही हूँ, तुम तो आदमियों की कमज़ोरी जानती हो। तुम खूबसूरत हो इसलिए ऐसे ही

कह दिया। जब मुर्दों को 108 से उतारता हूँ तो हाथ जोड़ माफ़ी माँगता हूँ कि कहासुना, गलती माफ़ करना भई। इन मुर्दों से मेरा कोई लेना, न देना, बस इनके लिये दुखी, परेशान होता हूँ और बेगुनाह होकर भी इनसे माफ़ी माँगता रहता हूँ, डरता रहता हूँ। तेरे हाथ जोड़ता हूँ, मुझे इन मुर्दों की दुनिया से बाहर निकाल मेरे यार,'' महेस दुखी होते हुए बोला।

''डरपोक है रे तू साला फट्टू, मुर्दों से डरता है? मुर्दों से क्या डरना?''

''कल अगर मेरी जगह तू होता तो साला मूत देता।''

''क्यूँ ऐसा क्या हुआ रे?''

''एक लठंग मुर्दे ने पीछे की सीट से उठ के मुझे पकड़ लिया। रात डेढ़ बजे शहर के बाहर गया लाश लेने। घुप्प अँधेरा सवा छह फुट की लम्बी-चौड़ी लाश, गुण्डा था। मारपीट, वसूली का धंधा था। खून से लथपथ, जगह-जगह चाकू के वार, घरवालों ने पैर मेरी तरफ़ और सर 108 के दरवाज़े की तरफ़ उठा के रखा। नाक में से खून बह रहा था, चेहरे पे खून जमा था। लाल-लाल आँखें, माँ-बाप ने आँखें भी बन्द नहीं कीं, सोच नहीं सकते थे कि जिसके डर से सारी दुनिया मरती है, वह भी मर सकता है। मैंने उससे कहा—क्यूँ भई क्या हुआ, दिखने में हट्टे-कट्टे हो, क्यूँ ऐसी गलत लाइन पकड़ी, इतनी कम उमर में दुनिया से विदा? पता चला दादागिरी का क्या नतीजा होता है? माँ-बाप का हाल देख रहे हो, इन्हें देख मैं दुखी हो गया, साली ऐसी औलाद किस काम की, मैं उसे गाली देने ही वाला था कि एक मोटरसाइकिल वाले ने तेज़ी से क्रॉस किया, मैंने ज़ोर से ब्रेक लगाया, लठंग की खून सनी लाश उठ बैठी और दो-दो मन के भारी हाथ मेरे कंधों पर डाल लटक गयी। उसके मुँह और नाक में भरे खून की उल्टी मेरे कपड़ों पर निकल गई। दिल की धड़कन तेज़ और भारी हाथों को कंधे से हटाने की हिम्मत नहीं बची, कान में आवाज़ गूँजी, 'साले तुझे ज़िन्दा रहना है या नहीं?' साले मुर्दे ने मुझे मुर्दा बना दिया। मैं तो गाड़ी से उतरा, साइड में खड़ा हुआ, अड़ गया, बोला कि दूसरी गाड़ी में ले जाओ इसे। घरवालों ने गालियाँ दीं, हॉस्पिटल इंचार्ज ने नौकरी से निकालने की धमकी। क्या करता, ले गया उस अकड़ू गुण्डे की लाश को। साले मुर्दे भी डराते-धमकाते हैं। ऊपर से उससे माफ़ी और माँगी

कि माफ़ कर भाई मैं तो यूँ ही दुनियादारी की बातें कर टेम पास कर रहा था तेरे साथ,'' महेस ने एक साँस में बयान किया।

''यार, दो-चार चढ़ा लेता घर आने के बाद तो सब भूल जाता,'' डकार लेते हुए सतीसे ने जवाब दिया।

''चढ़ाने से भी उसके ताज़ा खून की बासी बदबू नाक से नहीं निकली। उस रात रोटी गले से निगल नहीं सका। उसके लट्टू से भारी हाथों का बोझ अभी भी कंधों से नहीं उतरा। दिलोदिमाग में गाड़ी में रात-दिन मुर्दों का बोझ उठाए रखना, साला ये भी कोई काम है?''

''अब तेने जो धंधा चुना है, उसमें तो ये ही सब है।''

''चुनने जैसी किस्मत कहाँ अपनी, यार, जो मिला काम कर लिया। इन मुर्दों में तो मरते ही इंसानियत खत्म हो जाती है, दिन में मेरे साथ चलते हैं और रात को भी साथ नहीं छोड़ते, नींद में ऐसे डराते हैं जैसे इन्हें मैंने ही मारा हो। रोज़-रोज़ का लोगों का रोना-धोना, घायलों का चीखना-चिल्लाना, ये गाना अजीब लगने लगा है। रोज़ वही रोना, वो ही डायलॉग, 'अरे मुझे छोड़के कहाँ चला गया, मेरा लाल, मेरे मुन्ने के बापू, मैं तुम्हारे बिना जी नहीं पाऊँगी,' और उसी औरत को एक साल बाद ही दूसरे मरद का बच्चा जनने के लिए अस्पताल ले जाता हूँ। क्या धरा है इस 108 में, बस रोते ही रहो। इससे तो टेम्पो ठीक है। मनपसंद फ़िल्मी मौज के गाने चलाओ और फर्राटे से दौड़ाओ, कोई टेंशन नहीं।''

''चल यार तू खुस रै, कल से तू मुर्दों की दुनिया से छुटकारा पा। टेम्पो पे लग जा, खलासी छोरा चमना भी तैयार है।'' सतीसे ने दिलासा दिया।

～

''उस्ताद दिल्ली गेट वाले रूट से बड़े अस्पताल होते हुए चेटक चौराहा फिर मल्ला तलाई ये रूट लेंगे,'' चमना ने सुबह महेस उस्ताद से कहा।

''चुप बे। मेरे रूट पे अस्पताल नहीं चलेगा। बहुत हो गये मरीज़, मुर्दे। दिल्ली गेट से बस स्टैण्ड, हिरण मगरी वाले रूट पर चलेंगे। अब जा सवारियों को उठा के डाल अंदर।''

''हिरण मगरी-हिरण मगरी बहन जी इधर, अरे मेडम इधर आओ, नान स्टाप, कहीं नहीं रुकेगा, एक सवारी होगी तो भी चलेगा,'' चमना चहका।

''ए चमने क्या बहनजियों को ही बिठायेगा? जा उधर भाई साब खड़े हैं। पूछ, उन्हें ला के रख अंदर।'' तीन-चार लड़के आगे बढ़े। उनमें से तीन अंदर बैठे, एक बाहर ही खड़ा रहा। चमना ने उसके कंधे पे हाथ रखकर कहा, ''आओ अंदर, क्या हुआ?''

''चल जल्दी कर उठा के रख अंदर,'' महेस बोला। लड़का आगे बढ़ा और महेस का कंधा ज़ोर से हिलाते हुए बोला—क्यूँ बे मुझे उठवायेगा?

''टेम्पो में रखने के लिये ही तो कह रहा हूँ,'' महेस ने उसका हाथ झटकते हुए कहा।

इतने में चमना आया और लड़के से हाथ जोड़ते हुए बोला, ''अरे भाई नाराज़ मत हो, हमारे उस्ताद को तो बात करने की ऐसेइच आदत है। ये पहले एम्बुलेंस चलाते थे, उसमें तो मरीज़ों, मुर्दों को उठा के ही रखा जाता था। चलो सब दूर हटो,'' चमना टेम्पो में चढ़ता हुआ बोला।

''उस्ताद तुमारी सवारी चढ़ाने की भाषा बदलो, ये मुर्दे नहीं ज़िन्दा इंसान हैं, पहले ही दिन भारी पंगा हो जाता।''

''ज़िन्दा और चलते-फिरते,'' महेस बोला।

थोड़ा आगे बढ़ा टेम्पो, पर काफ़ी भीड़ थी। टों-टों-टों हॉर्न बजाने पर भी किसी ने जगह नहीं दी। उस्ताद ने आगे का पहिया भीड़ में घुसाने की कोशिश की तो दूसरे नये टेम्पो के खरोंच आ गई। नये टेम्पो का डिरेवर उतरा और उस्ताद की फेंट पकड़ उसे टेम्पो के बाहर खींच के निकाला—''क्यूँ रे! हीरो बनता है, एक बस जल्दी तुझे ही है, ऊपर जाना है? इस शहर में नया-नया आया है?'' आस-पास दूसरे टेम्पोवाले इकट्ठे हो गये।

फट से चाकू निकाल उसने उस्ताद के गले पे लगाया और बोला, ''ऐसेइच खरोंच मारी थी ना तेने मेरी नयी अनारकली को। मैं भी मारूँ तेरे वेसेइच खरोंच? चल निकाल एक हज़ार।''

चमना ने उसका हाथ पकड़ा और बोला, ''माफ़ करना मुन्ना भाई नया है। पहली बार टेम्पो चला रहा है, फिर आपको पहचानता नहीं। मैं आपकी भरपाई करता हूँ।''

‘‘चमने ये जो तू नया बाप लाया है ना इसे ज़रा सँभाल के रखियो,’’ पीछे से ज़ोर से मुन्ना भाई चिल्लाया।

टेम्पो की गुल्लक और जेब से सब नकदी निकाल, बिना गिने मुन्ना भाई को सौंप कर टेम्पो में बैठते हुए चमना उस्ताद से बोला, ‘‘जल्दी करो निकलो यहाँ से। ये अपना एरिया नहीं है। थोड़ा ध्यान से टेम्पो चलाओ।’’

‘‘चुप बे, डरता हूँ क्या सालों से? इत्ती-सी बात पे चाकू निकाल लिया। वो तो मुर्दों के साथ रह के हाथापाई की आदत खत्म हो गई नहीं तो देता... साले एक ही धंधा करते हैं फिर भी भाईचारा नहीं। अरे अपुन तो 108 चलाते टाइम रोड के राजा होते हैं, 108 की ‘टोंय-टोंय’ सुनते ही पानी के रेले की तरह रोड साफ़ हो जाता है, न लाल बत्ती, न दायें-बायें देखना होता है। और ये इतने हॉर्न लगाने पर भी टस-से-मस नहीं हुआ, इसलिए मैंने सोचा कि थोड़ा इसकी नयी अनारकली को ठोकूँ तो इसकी अक्ल भी ठुकेगी। इससे तो मुर्दे ही ठीक थे यार जो मैं कहता था चुपचाप सुनते थे, डराते थे पर चाकूबाज़ी तो नहीं करते, जान तो बक्स देते।’’

‘‘अरे उस्ताद भाड़े के बारे में सोचो मालिक नहीं बक्सेगा। मालिक को आज की कमाई क्या देंगे?’’

‘‘क्या देंगे? कोई भागे थोड़ी जा रहे हैं टेम्पो के साथ। आज शाम देर तक और कल सुबह जल्दी उठ भरपाई करेंगे और क्या?’’ महेस ने समझाया।

~

दूसरे दिन सुबह चार बजे उस्ताद ने चमना के साथ बस स्टैण्ड पर टेम्पो लगा दिया। सुबह की सवारियों से मुँह माँगा पैसा मिलता है। उस दिन दोनों ने बस स्टैण्ड वाला ही रूट लिया। चार-पाँच चक्कर बस स्टैण्ड के सामने से लगाये, रात दस बजे बस स्टैण्ड से दो विदेशी सवारियाँ बिठाईं, एक अंग्रेज़ और एक मेम साब।

‘‘कहाँ जाना है, वेर गो?’’ चमना ने पूछ।

‘‘गोगुन्दा विलेज।’’

‘‘रात को इत्ती दूर, नो, फ़ार-फ़ार।’’

‘‘हाउ मच मनी ? टेक टू हण्डरेड ?’’

‘‘नो-नो, हंगरी, होम,’’ पेट पर हाथ रखते हुए चमना ने उन्हें उतारकर इशारे से दूसरा टेम्पो करने को कह दिया। दो सौ रुपये वहाँ से खाली लौटने में लग जाते और रात के बारह अलग बज जाते।

इतने में अँधेरे से निकल कर पुलिसवाला आया, ‘‘क्यों बे विदेशी सैलानियों को लूटते हो, इत्ते-कित्ते पैसे माँगे कि वो टेम्पो से उतर गया, रात को ? देश को बदनाम करता है ?’’

‘‘पैसों की वजह से नहीं उतारा, भूख लगी है हम दोनों को और बहुत दूर जाना है उसे।’’

‘‘तूने उसे उतारा, वाह रे उस्ताद, आज दिन तक कोई टेम्पोवाला पैदा नहीं हुआ है, जो भूख की खातिर मोटी रकम वाली सवारी को उतार दे।’’

‘‘उस्ताद की आठ घण्टे वाली नौकरी थी 108 वाली, सुबह चार बजे से टेम्पो चला रहे हैं, अब तो घर जा के रोटी खायें।’’

‘‘बहुत कमाया रे आज दिन भर। अच्छी बात है, मेहनत करना। हम भी घण्टों नौकरी करते हैं मेहनत से। दिन में पाँच बार इधर से गुज़रा हम पर नज़र नहीं पड़ी क्या ? ज़रा देख के टेम्पो चलाया कर,’’ टेम्पो पे डण्डा ठपकारते हुए पुलिसवाला बोला।

‘‘ठीक है ध्यान रखेंगे।’’ महेस ने टेम्पो स्टार्ट किया। ‘‘घुर्र-घुर्र।’’

‘‘क्यों बे, अभी भी नहीं दिख रहा हूँ जो ट्रेफ़िक नियम तोड़ रहा है ? अन्दर जाना है क्या ? इस रूट पे टेम्पो चलाना है कि नहीं ? दिखाई नहीं देता कि रास्ते में पुलिसवाला खड़ा है ?’’ टेम्पो को पकड़कर रोकते हुए पुलिसवाला बोला।

‘‘उस्ताद पाँच सौ रुपये दे दो।’’ चमना ने महेस से कहा।

‘‘पर यार टेम्पो चलाते हुए दूसरा ही तो दिन है, हफ़्ता हुआ नहीं उससे पहले कैसा हफ़्ता ?’’

‘‘टोल टैक्स सड़क पार करने से पहले ही देना पड़ता है, समझे,’’ पुलिसवाला बोला।

‘‘किस बात का टोल टैक्स ?’’

''जादा बोलता है। तेरा तो चालान काटना ही पड़ेगा।''

गाड़ी पुलिस स्टेशन गई। दोनों रात बारह बजे तक थाने में बैठे, पुलिस से झिक-झिक। दिन भर टेम्पो चला के उस्ताद तो थकान से चूर हो चुका था। दिन भर सवारियों की झिक-झिक, झंझट, गुण्डागिरी, पुलिस की दादागिरी। 1000 रुपए में गाड़ी छूटी। महेस देर रात बिस्तर पर पड़ा सोचता रहा कि अच्छी लूटपाट मचा रखी है सालों ने, जेल भेजने की धमकी अलग। क्या दादागिरी है इन ठुल्लों की। 108 चलाने के 108 फ़ायदे थे। 108 एम्बुलेंस से हफ़्ता माँगने की इनकी हिम्मत नहीं होती।

और यार ये मुर्दें तो सिर्फ़ डराते ही थे, दिन को, रात को सपने में आकर, रात की नींद ही तो खराब होती थी। ये साले ज़िन्दा लोग तो नींद ही नहीं लेने देते। मुर्दें चुपचाप पड़े रहते थे, धमकाते तो नहीं। चाकूबाज़ी तो नहीं करते। चोरी चकारी, पैसों से तो कोई मतलब ही नहीं था बिचारों को। लानत है साले इंसानों पर, सालों ने जीते जी इंसानियत छोड़ दी। इनसे तो मुर्दें ही अच्छे। वो लठंग गुण्डे की लाश भले ही गले पड़ गई थी, पर हटाने से हट तो गई। ये ज़िन्दा लोग तो मेरा गला काटने की कोशिश में हैं। सतीसा सही कहता था—मुर्दों से क्या डरना?

दूसरे दिन बड़ी मुश्किल से उठ, टेम्पो ले दोनों आठ बजे रवाना हुए दिल्ली गेट की तरफ़। उस्ताद की आँखें लाल थीं। रात भर नींद नहीं आने की वजह से, चेहरा थकान से उतरा हुआ था। थोड़ा आगे गये थे कि रास्ता जाम दिखा।

महेस ने टेम्पो रोक चमना को कहा, ''जा उतर के देख, इत्ती भीड़ क्यूँ है?''

चमना देख के लौट कर बोला, ''उस्ताद एक्सिडेण्ट हुआ है। एक औरत खून से लथपथ सड़क पे पड़ी है। चलो दूसरा रूट ले लें, यहाँ तो अभी एक घण्टा खराब हो जाएगा।''

''साले तू इंसान है कि जानवर, भाग जाने की कह रहा है?''

''अरे उस्ताद सुबह कुछ चाय-पानी नहीं किया, कमाई का टेम है, इन

लफ़ड़ों में मत पड़ो,'' चमना ने हल्की आवाज़ में टोका।

महेस, चमना के साथ 108 की स्टाइल में 'टों-टों' करता भीड़ चीरता हुआ अपना टेम्पो घायल औरत के पास ले गया और बोला, ''चल बे उठा के डाल इसे गाड़ी में, अस्पताल ले जाना पड़ेगा, नहीं तो जादा खून बह जायेगा। अपनी किस्मत में तो साला अस्पताल के चक्कर काटना ही लिखा है।''

टेम्पो निकालने के लिए भीड़ को दूर करता वह चिल्लाया, ''क्या तमासा देख रहे हो? कोई भी मरद नहीं है क्या? घायल को अस्पताल नहीं ले जा सकते? साले इंसान हो कि मुर्दे?'' चमना के साथ मिलकर महिला को टेम्पो में उठा के रखा तो थोड़ा चैन आया। कई दिनों से टेम्पो में अपने आप चढ़ते-उतरते ज़िन्दा लोगों को देख-देखकर अजीब-सा महसूस होने लगा था।''

चतुर्थ श्रेणी

"अरे मनहर खुसखबरी है रे! पास के बड़े परेविट स्कूल में सफ़ाई करमचारियों की भर्ती निकली है। छह हज़ार रुपये तनखा है महीने की," पैंतीस साल की मीना बोली अट्ठारह के मनोहर से।

"सच्ची अम्मा!" खुश होकर मनोहर बोला, "बस अम्मा तू समझ ले तेरी तो अब किस्मत ही खुल गई। मैं खूब कमाऊँगा और तेरी खूब सेवा करूँगा।"

"अपनी चड्डी तो न धुले है तुझसे। मेरी सेवा करेगा। कभी झाड़ू निकाली है झोंपड़ी की? मैं न होऊँ तो गड़ूरे की भाँत पड़ा रेवे है कीचड़ में। एक रुपल्ली कभी कमा के धरी है मेरी हथेली पर? ग्यारा बजे से पेले तेरी नींद न खुले है, बिचारा नौकरी करेगा," मीना तुनक कर बोली।

"बस कर अम्मा भोत सुन ली तेरी। तू क्या कैना चावे है कि मैं नौकरी नी कर सकूँ?"

"हाँ, सोला आने सच। दिन भर घर में पड़ा रेवे है, चरता रेवे है या इदर-उदर रबड़ता फिरे है, कबी काम करने की सोची तेने? हरामखोर हड्डी हो गई है तेरी। इस नौकरी के लिये तो मैं और तेरा बापू वो भी अगर चावे तो हम दोनों ही फारम भरेंगे।"

"वाह रे कैसी माँ है तू, अपने जवान बेटे की नौकरी लगाने की चिन्ता न है तुझे, जवान बेटे के होते खुद के एसोआराम के बारे में सोचे है।"

"ऐसोआराम नी, पेट भरने की, घर चलाने की फिकर से जी तोड़ मेणत करने के बारे में सोचूँ हूँ। मेरी जो ये नौकरी लग जाये तो सबसे पेले झोंपड़ी के केलू बदलूँगी, मावठ आने को है। फिर पुताई, लकड़ी का नया दरवज्जा

लगवाऊँगी। फिर तो महीने भर का अनाज साथ खरीदूँगी, ये रोज़-रोज़ बाज़ार से रुपे दो रुपे का सामान तेल, अनाज लाने में बड़ी मुस्किल होवे है। आगे से उधारी बंद। कुछ अच्छी साड़ियाँ नौकरी में तो पेननी ही पड़ेंगी। हो सके स्कूलवाले खुद ही कोई साड़ी-वाड़ी स्कूल डरेस के हिसाब से दे देवेंगे। पर सफ़ेद नी होनी चइये। छह हज्जार, बाप रे। किसे केवे हैं, छह हज्जार हर महीना। कुछ महीनों में कुछ रुपये इकट्ठे कर पक्का कमरा बनवा लूँगी, बस फिर क्या ? और अगर ऊपरवाले को छप्पर फाड़ कर देना होगा तो दोनों की ही नौकरी लग जावेगी तो बारा हज्जार घर में आ जावेगा। बस फिर आगे तो मैं सोच ही नी सकूँ।''

''फारम तो मैं भी भरूँगा अम्मा। चाहे तू कुछ भी कहे, करे,'' मनहर ने उसे टोका।

''अरे ! फारम तो ये पूरी कच्ची बस्ती भरेगी, पन नौकरी तो उसेइच मिलेगी जो मेणत करने वाला होगा। आज तो पूरी बस्ती में खुसी की लेहर है। कितने लोग सपणों में खोये हैं। और इस बस्ती से तो क्या भोत सारी बस्तियों से लोग फारम भरेंगे। आजकल सफ़ाई करमचारियों के लिए कोई जात-पांत न होवे है। बरामण, जाट, बनिया हर कोई इस नौकरी के लिये फारम भरे है। ये नौकरी लगना कोई खेल नी है। तू सबर कर, बस तेरे बापू और मुझे ले लेवें एक बार तो बस हम कोसिस करके धीरे-धीरे तुझे भी स्कूल में खींच लेवेंगे,'' मीना बोली।

मनहर का बापू जो झोंपड़ी के बाहर बीड़ी फूँकता हुआ सब सुन रहा था, से अब और सुना नहीं गया। वह झटके से उठा, बीड़ी को पास की नाली में फेंका, दन्नाता हुआ झोंपड़ी में घुसा और मीना से बोला, ''क्यूँ, तू काहे इतनी खुस होवे है ? ऐसे करे है जैसे तेरी तो नौकरी पक्की हो गई है। ओर मेरे रेते तू काये नौकरी के बारे में सोचे है ? एकइच घर के दो जनों को नौकरी दे देवेंगे वो ? बड़ी आयी फारम भरने वाली। कोई ज़रूरत नहीं है, तुझे फारम भरने की। तू आस-पास की कालोनियों में सफ़ाई कर आवे है, बस इत्ता ही काफ़ी है।''

''मेरे नौकरी करने से घर की आमदनी बढ़ जावेगी, इत्ता भी न समझ

आवे है तुमे ?'' मीना ने उसे समझाने की कोशिश की।

''कैसी औरत है तू? अपने पति की नौकरी लग जाने की चिन्ता न है तुझे। अभी भी खुदी के एसोआराम के बारे में सोचे है। अरे मरद नौकरी करे तो अच्छा लगे है। मेरी नौकरी न लगी और तेरी लग जावेगी तो मैं घर बैठ तेरी कमाई खाऊँगा? तेरी लुगाई बन चूल्हा चौखट करूँगा? जात-बिरादरी में मेरी नाक न कटेगी? लोग मुझे लुगाई की कमाई खाने वाला ना कहेंगे? ये समझ न आवे है तुझे?''

''तो अभी कौन-सा तू मेरी कमाई नी खावे है? मैं ही दिन भर इदर-उदर खट-पट कर घर चलाऊँ हूँ। तो नौकरी में काहे की सरम?''

''बस येई बात तो है, अब्भी जब कोई पक्की नौकरी नी करे है, तो इत्ते ताने दे, तो पक्की नौकरी लगने के बाद तो मुझे खा ही जावेगी। तू फारम नी भरेगी मैंने कह दिया बस। इस नौकरी के लिये न तू, न तेरा कपूत, फारम सिरफ मैं ही भरूँगा।''

''तुमे बस इस बात काइच डर है ना कि मैंने फारम भर दिया और मुझे ले लिया, तो तुमारी बेइज्ज़ती हो जावेगी। तुम अच्छी तरे से जानो हो कि तुमारी और तुमारे बेटे की हड्डियों पे जंग लग गया है, तुम या तुमारे बेटे की अगर ये नौकरी लग भी जावेगी तो महीना-दो महीना से ज़ादा नी टिक पाओगे। ओर एसाइच है तो दूसरे सबी लोगों को फारम भरने से रोक दो ताकि तुमारी अकेले की ही नौकरी लग जावे। घर की लुगाई की नौकरी लगे तो बेइज्ज़ती और बाहरवालों की लग जावे तो कोई बात नी।''

''अब जूत खाने हो तो मूँ लग। न तो तेरा नालायक बेटा फारम भरेगा, न तू, मैंने कह दिया बस,'' दीनानाथ चिल्लाया।

''बापू मैं फारम क्यूँ नी भरूँ? मुझे भी करनी है नौकरी,'' मनहर ने बाप की बात काटते हुए कहा।

''अरे पेले अपना मूँ धोना तो ढंग से सीख ले, फारम भरेगा। मैं नी जानूँ तुझे? नौकरी लगने के बाद तू हमें खाने-पीने को देवेगा? के लात मार बार करेगा, माँ-बाप को झोंपड़ी से? अभी माँ-बाप का कमाया खाये है तो सिर पे मूते है, नौकरी लगने पे इज्ज़त करेगा माँ-बाप की? फिर तेरी हरामखोर

हड्डियों में इत्ता दम है और तेरे सिड़ी दिमाग में इत्ती बरदास है कि तू नौकरी कर सके ?''

''मैंने ठान लिया है, मैं नौकरी करूँगा, फारम भरूँगा। क्या पता मेरी किस्मत में ही ये नौकरी लिखी हो। कैसे माँ-बापू हैं मेरे ? जवान बेटे के कल की चिन्ता नी है, अब भी अपना ही घर बसाने की सोचे हैं। अरे बापू! बेटे के भविस की चिंता कर। फारम तो मैं भरूँगा और इन्टरव्यू भी दूँगा। देखूँ कौन मेरा क्या बिगाड़ेगा, टाँग तोड़ दूँगा, मुझे रोकने वालों की।'' मनहर गुस्से से तमतमाकर उठा और झोंपड़ी से बाहर हो लिया। बाहर की सड़क की खुली हवा लगते ही उसका मन बदला। उसने एक घूँसा फ़िल्मी अंदाज़ में हवा में फेंका और खुद से बोला, ''जो ये नौकरी मेरे हाथ आ जावे तो बस, अपने तो ऐस ही ऐस। पहले एक नया पक्का कमरा किराये से। कमरे में बस खुसियाँ ही खुसियाँ, मैं और मीठी बस। फिर सब मीठा ही मीठा। पर ऐसा नहीं कि माँ-बापू को मैं भूखा ही मार दूँगा। पर मुझे अपना भविस तो सुधारना है। मेरे साथ वाले दो-दो बच्चों के बाप बने घूमे हैं।''

झोंपड़ी के अंदर दीनानाथ बड़बड़ा रहा था, ''फारम भरेगा साला। आगे इन्टरव्यू में इसका दादा बैठा है, जो एक ही घर की लुगाई, मरद और बेटा तीनों को नौकरी दे देवेगा। समझते नहीं हैं साऽऽऽले।''

''फारम तो मैं भी भरूँगी कर ले जिसको जो करना हो,'' मीना बोली।

''ये ज़िद करना तेरा होनहार पुत्तर तेरे से ही सीखा है। टाँग तोड़ दूँगा जो फारम भरा तो।''

''टाँग तोड़, के सिर फोड़, फारम भर के इन्टरव्यू तो मैं भी दूँगी।'' बोलती-बोलती मीना तेज़ कदमों से घर के बाहर हो ली।

''इस घर में मरद की कोई इज़्ज़त नी है, मैं अच्छी तरह से जानू हूँ। लालची हैं साले सबके सब। जो ये नौकरिया मेरे हाथ लग गई तो सब मेरे आगे हाथ फैलायेंगे, फिर देखना कैसे ठीक करता हूँ सबको। खाओ-पियो और पड़े रहे, माजने से कोने में। घर में साले किसी की हिम्मत न होगी मेरी बेइज़्ज़ती करने की,'' दीनानाथ बड़बड़ाया।

बीस तारीख आने में कुछ ही दिन बाकी थे। सबने फारम भरे। पड़ौस

के हरिया ने बताया कि डेढ़ सौ फारम आये हैं, दस पोस्टों के लिये यानी एक जगह पर पन्द्रह लोग। जाने किसकी किस्मत खुलेगी। फिर पता चला सौ को बुलाया है इन्टरव्यू के लिये एक पोस्ट पर दस। मनहर, मीना, दीनानाथ, हरिया, मीठी, सभी के लिये इन्टरव्यू का बुलावा आया। सभी इन्टरव्यू की तैयारियों में जुट गये। मीना ने चटख लाल रंग की साड़ी निकाली और कोई अच्छी साड़ी उसके पास थी नहीं। यह वह साड़ी थी, जिसे पहन कर वह बड़े अरमानों के साथ दीनानाथ के घर आयी थी। ये सोचा कि शायद पहले जो अरमान अधूरे रहे गये थे, वे अब इस नौकरी के ज़रिये ही पूरे हो जायें। दीनानाथ ने भी सफ़ेद पैन्ट, शर्ट और मोज़े, लोहे की पेटी से निकाले जो पिछले सेठ ने दिये थे। धोबी से धुलवाया, नील लगवाई, कलफ़ लगवा कर कड़क प्रेस करवाई, जिसके पच्चीस रुपये लगे। जूतों पे पॉलिश करवाई, जिसके पाँच रुपये और लगे। मनहर तो बाज़ार से नई टी-शर्ट ही खरीद लाया, जिसके पीछे अंग्रेज़ी में कुछ छपा था। पूरे सौ रुपये की थी। पचास माँ से लड़-झगड़ कर लिये और पचास अपने दोस्त से उधार, यह कहकर कि अगर नौकरी लग गई तो ऐसी पचास शर्ट वार दूँगा तुझ पे।

इन्टरव्यू के दिन तीनों घर से निकले तैयार होकर। कच्ची बस्ती के बीस-पच्चीस लोग और थे, उन्हें भी इन्टरव्यू देने जाना था। हरिया जो दो-तीन इन्टरव्यू दे चुका था, से सभी पूछने लगे—

''हरिया तू ही बता, क्या पूछेंगे इन्टरव्यू में? हमें तो बहुत डर लग रहा है।''

''कुछ नहीं, घबराओ मत, सुनो जब इन्टरव्यू देने अन्दर घुसो तो सभी साहब लोगों को हाथ जोड़कर नमस्कार कहना। बैठने को बहुत ज़ोर देकर कहे तब भी मत बैठना। जो भी साहब लोग पूछें, हाँ कर देना। मेरा मतलब है कि काम के बारे में, कह देना सब काम आता है। और पूछें कि कोई बुरी आदत है तो मना कर देना, कह देना कुछ नहीं है। कमरे से बाहर निकलते वक्त धन्यवाद कहना मत भूलना।''

हरिया ने सभी को इन्टरव्यू के गुर सिखाये।

दो-तीन बड़े टेम्पोवालों ने दस-दस रुपये के हिसाब से दस-दस लोगों को एक-एक टेम्पो में भर लिया। जब जमना टेम्पोवाले से यह कह

कर कि स्कूल तो एक किलोमीटर ही दूर है, पैसे कम करने की हुज्जत करने लगा तो सबने उसे टोक दिया, ''अरे यार जाने दे आज खुसी का दिन है, टेम से पहुँच जायेंगे, मोरत मत बिगाड़, कमा लेने दे इने भी आज कुछ, दुआ देंगे।''

पाँच मिनिट में स्कूल आ गया, सब उतरे। गेट के अन्दर घुसे। शानदार बिल्डिंग देखी। एक ने कहा—

''सुना है दो-ढाई हज़ार बच्चे पढ़ते हैं।''

''अब किदर चलें?'' दीनानाथ ने पूछा।

''उदर, उदर भीड़ है, वहीं होगा इन्टरव्यू,'' सुगना बोला।

उसकी बस्ती का पूरा टोला उधर हो लिया।

चपरासी की ड्रेस में एक आदमी जिसके हाथ में रजिस्टर और पेन था, पास आया और पूछा, ''इन्टरव्यू के लिये आये हो? सफ़ाई कर्मचारी के?''

''जी, जी, हाँ, हाँ साब।'' एक-दूसरे से आगे आने की कोशिश करते हुए सभी एक साथ बोले।

''तो अपने-अपने नाम बोलो।'' चपरासी रजिस्टर खोलते हुए बोला।

''हरि राम।''

''पोना राम।''

''दीनानाथ।''

''मीना।''

''मनहर।''

''मनहर या मनोहर?'' चपरासी कड़का।

''मनोहर, मनोहर साब।'' मनोहर पीछे हट गया। चपरासी ने मौजूद सभी लोगों के नाम पर टिक लगा दिया। फिर उसने उन्हें एक बड़े दरवाज़े के अन्दर बुलाया, जहाँ एक बड़ा हॉल था। ''चलो सब नीचे बैठ जाओ जल्दी।'' दोनों हाथों से उन्हें धकेलता हुआ चपरासी बोला। धपा-धप भेड़-बकरी की तरह सब गन्दे फ़र्श पर बैठ गये।

''यहाँ तो सफ़ाई की बहुत ही ज़रूरत है भाई,'' रुक्मा बोला।

''चुप बैठ, नखरे मत कर,'' उसका हाथ खींचकर दीनू ने उसे बैठ

दिया, ''थोड़ा उधर खिसक, हरिया ने जो बातें बताईं वो याद रखना कब 'हाँ' कहना है, भूलना मत।''

सामने कमरे का दरवाज़ा खुला, अन्दर से एक चपरासी एक रजिस्टर लाया और बाहर स्टूल पर बैठते हुए सबसे पहला नाम पुकारा, ''दीनानाथ।''

दीनानाथ हड़बड़ा कर उठा और घबराहट के मारे लड़खड़ा गया। हरिया ने उसका हाथ पकड़ सहारा दिया और बोला, ''अरे जा, डर मत, तू तो सफ़ेद सूट में साहिब लग रहा है आज।''

इन्टरव्यू बोर्ड के कमरे में दीनानाथ जैसे ही घुसा चपरासी ने धड़ाक से दरवाज़ा बन्द कर दिया। अन्दर दीनानाथ की साँसें बंद थीं, तो बाहर उसके साथियों ने साँसें थाम रखी थीं। दीनानाथ के सामने थे पाँच साफ़-सुथरी सफ़ेद कुर्सियों पर कड़क प्रेस के कपड़े पहने साहब और बीच में एक मैडम जो खुद बड़ी कड़क दिखाई दे रही थीं। सबकी निगाहें उसे ऊपर से नीचे तक देख रही थीं। अच्छा हुआ कपड़े प्रेस और जूते पॉलिश करवा लिये। तीस रुपये लगे तो क्या हुआ, आज सबके सामने ढंग से खड़ा तो हूँ। दीनानाथ खुद में हिम्मत पैदा करने लगा।

''नाम क्या है?'' एक साहब ने पूछा।

''दीनानाथ,'' वह धीमे से बोला।

''बैठो उस कुर्सी पर।''

''नहीं साब, मैं तो खड़ा ही ठीक हूँ,'' दीनानाथ हाथ जोड़कर बोला।

''बैठो हम कह रहे हैं,'' साब बोले।

''नहीं, नहीं साब, कहाँ आप और कहाँ मैं, नहीं बैठ सकता आपके बराबर।''

दीनानाथ खड़ा रहा और इन्टरव्यू शुरू हो गया।

''दारू पीते हो?'' पहला सवाल।

''न, नहीं साब।'' दीनानाथ सकपकाता, हिचकिचाता हुआ बोला।

''चखी है कभी?''

''हाँ अ एक-आध बार।'' दीनानाथ ने जवाब दिया।

''पीकर काम पर आओगे?''

''नहीं-नहीं साब, कभी नहीं।''

''बीवी को पीटते हो ?'' दूसरा सवाल।

''क्या बात पूछते हो साब। नहीं-नहीं।'' अब दीनानाथ होश में था, हरिया की बातों को ध्यान में रख जवाब दे रहा था।

''कभी नहीं पीटा ? कभी थप्पड़ भी नहीं लगाया ? जिस दिन दारू चखते हो, उस दिन भी नहीं ?''

''कभी हाथ नहीं लगाया साब।''

''हाथ नहीं लगाया बीवी को या उस पर हाथ नहीं उठाया ?'' साहब ने अपने मज़ाकिया अंदाज़ की दाद पाने के लिये अपने साथियों की तरफ़ देखा और सभी ने मिलकर एक ठहाका लगाया।

''कहीं नौकरी करते हो ?''

''नहीं, '' उसके मुँह से निकल गया, फिर ध्यान आया हरिया के हिसाब से इस बात का जवाब 'हाँ' होना चाहिए था।

''हाँ, मेरा मतलब पहले करता था मुनिसिपल्टी में।''

''तो छोड़ी क्यों ?''

''छोड़ी नहीं, ठेकेदार के अण्डर में...।''

''और ठेकेदार ने निकाल दिया।'' साब ने उसकी बात पूरी की।

''अपना एक्सपीरियन्स बताओ, मेरा मतलब है, वहाँ क्या काम किया ? कितने साल ?''

''शहर की नालियाँ साफ़ करता था, कई साल हुए।''

''उनके साथ जाओ, वे हमारे जमादार हैं—सोन सिंह, प्रेक्टिकल टेस्ट दे दो।''

सोन सिंह कमरे के पीछे के दरवाज़े से दीनानाथ को स्कूल के पिछवाड़े गटर के पास ले गया और एक कोने में पड़े सामान की ओर इशारा करते हुए बोला, ''ये रहा सामान और वो रहा गटर, फटाफट अन्दर उतरो और साफ़ करके बताओ।''

''साब और दूसरा कुछ...काम कर सकता हूँ क्या ?''

''क्यों ?''

''साब सफ़ेद कपड़े पहने हैं।''

''तू क्या समझा था कुर्सी पर बैठकर ऑर्डर चलाने वाली नौकरी करने आया है? चल तेरे लिये येई काम है।''

इधर दीनानाथ काम पर लग गया तो उधर मीना का इन्टरव्यू शुरू हुआ।

''हाँ तो बैठो मीना कुमारी,'' मैडम ने हँसते हुए कहा।

वह बैठने को हुई तो मेम साब बोली—

''खड़ी रहो, यहाँ बैठने को नहीं मिलेगा। यहाँ दिन भर मेहनत करनी पड़ेगी, कर सकेगी? साड़ी तो बड़ी चटख पहनी है तूने, काम भी ऐसा ही चटख करेगी?''

''हाँ, हाँ क्यूँ नहीं? करूँगी मेमसाब, सब काम करूँगी।''

''सब काम नहीं करना है, हम बताएँ वही, बाकी काम घर पर,'' मैडम बोली और इन्टरव्यू बोर्ड के सभी सदस्य दबी हँसी हँसे।

''गुटखा चबाती है?''

''कभी–कभी।''

''कब?''

''बिना तमाकू के काम नहीं होये है साब, भूख लगे और खाने का टेम नी होवे। थकान जादा और काम जादा होवे या फिर कोई टेन्शन होवे तो तमाकू खानी पड़े।''

''टेन्शन किस बात का? कोई धन छिपा रखा है?''

''मेम साब धन हो तो भी टेन्शन, नी हो तो भी टेन्शन, मेनत करना चाहो और काम नी मिले तो टेन्शन, फिर खावें क्या?''

''अच्छ ये बता महीने में छुट्टियाँ कितनी लेगी?''

''छुट्टियाँ तो साब किसी के मोत–मरण की या सादी–ब्याव की।''

''मौत–मरण की एक दिन की छुट्टी लेगी या बारहवें तक की?''

''एक–दो दिन की।''

''सबसे अच्छ सफ़ाई का काम क्या करती है? हाथ की सफ़ाई के अलावा?'' सभी ने ठहाका लगाया।

''सफ़ाई तो सब हाथ से ही होवे है। झाड़ू–पोंचा, सब सफ़ाई से ही करूँ हूँ मैं तो।''

''अरे तू नहीं समझेगी,'' और सोन सिंह ने मीना को कक्षा नम्बर 1 से 10 तक की सफ़ाई के काम का प्रेक्टिकल सौंपा।

फिर हरिया का नम्बर आया।

''हरि राम, कैसे आना हुआ ?'' एक साहब ने हँस कर पूछा।

''इन्टरव्यू के लिये साब।''

''मुझे पहचानते हो ?''

''हाँ साहब, तीसरी बार जो मिल रहा हूँ।''

''फिर भी उम्मीद है नौकरी की ? गुटखा खाते हो ?''

''नहीं साब।'' हरिया ने मुँह ज़रा टेढ़ा कर जवाब दिया।

''हरि हरि,

येस साब।

ईटिंग गुटखा,

नो साब।

ओपन योर माउथ,

हा हा हा,''

और सभी ने एक ठहाका लगाया। हरिया अभी भी गुटखे को मुँह के किसी कोने में दबाकर छिपाने की कोशिश कर रहा था।

''दारू पीते हो ?''

''नहीं साब।''

''बीवी को पीटते हो ?''

''बीवी नहीं है,'' हरि राम ने जवाब दिया।

''भाग गई ! किसके साथ ?''

''नहीं, साब मर गई।''

''कोई कोर्ट केस ?''

''नहीं साब।''

''जाओ प्रेक्टिकल के लिये। सोन सिंह इन्हें सबसे सरल काम बताओ।''

सोन सिंह उसे स्कूल के टॉयलेट्स के पास ले गया और बोला, ''ये दस टॉयलेट्स टनाटन चमका देना। ऐसा साफ़ कि कोई रोटी रख कर भी खा ले।''

शाम होते-होते सौ लोग काम में जुटे थे, स्कूल को चमकाने में, अपनी किस्मत को चमकाने में। कोई नालियाँ चमका कर अपनी किस्मत चमकाना चाहता था, तो कोई टॉयलेट्स को एसिड से घिस-घिस कर अपनी किस्मत चमकाना चाहता था, कुछ को गटर के अन्दर के अँधेरे में से भी अपनी चमकती हुई किस्मत की किरण दिखाई दे रही थी। कोई स्कूल के मैदान में से पत्ता-पत्ता इकट्ठा कर, जलाकर, अपने जीवन में सूखे पत्तों-सी फैली मायूसी जला रहा था। कोई कक्षाओं के फ़र्श टेबल-कुर्सी पर जमी धूल हटाकर अपनी किस्मत पर जमी धूल झाड़ने की कोशिश में था। कुछ लोग कक्षाओं में लगे जाले साफ़ कर अपनी किस्मत पर लगे जाले साफ़ होने के ख़्वाब देख रहे थे।

शाम को छह बजे तक इन्टरव्यू चल रहा था। मनहर का नम्बर सौवाँ था। जब उसका नम्बर आया वह अन्दर घुसा।

''बैठो,'' एक कड़क आवाज़ आई।

वह ठसक कर कुर्सी पर बैठ गया।

''कुछ काम-धाम आता है?'' उसके गठे हुए शरीर को देखकर एक साब ने पूछा।

''साब, जो बताएँगे करने की कोशिश करूँगा।''

''कोशिश करेगा। नहीं हुआ तो?''

''कर लूँगा, आप काम बताओ।''

''जाओ दस से बीस नम्बर की कक्षाओं के जाले साफ़ करो।''

''और कोई काम नहीं है क्या?''

''क्यों इसमें क्या बुराई है?''

''शाम का समय है, किसी भी जिनावर को मारना, बेघर करना पाप है।''

''काम नहीं करने का बहाना ढूँढता है, जा घर जाकर मकड़ियों से दोस्ती कर।''

मनहर झटके से खड़ा हुआ, जैसे ही वह कमरे से बाहर जाने के लिए मुड़ा, उसकी टी-शर्ट के पीछे लिखा सभी ने पढ़ा—

''नो जॉब, नो मनी।

नो मनी, नो हनी।

नो हनी, नो वरी।

नो वरी, नो वरी।''

इन्टरव्यू खत्म हो गया था। अन्दर बोर्ड की मीटिंग चल रही थी। दीनानाथ जब गटर से बाहर निकला तो उसके सफ़ेद शर्ट-पैन्ट कीचड़ में लथपथ हो चुके थे। उसके पॉलिश किये जूतों पर कीचड़ की एक इंच की परत थी। मीना की शादी की लाल साड़ी कक्षाओं की धूल ओढ़कर मटमैली हो गई थी। हरिया, सोना राम, मीठी और सब थक के चूर थे और सभी के शरीर पर ही नहीं, मन पर भी धूल की परत जमी थी। जो चमक रहा था वह था पूरा स्कूल और इन्टरव्यू बोर्ड के सदस्यों के चेहरे।

बोर्ड की बैठक चल रही थी अन्दर और बाहर सौ थके लोगों को थी अपनी किस्मत चमकने की उमंग और आशा। डायरेक्टर साहब बाकी सदस्यों से बोले—

''देखिये साब स्कूल चमक रहा है, फ़िलहाल तो स्कूल की पूरी सफ़ाई हो गई है। अब आगे दो महीने गर्मियों की छुट्टियाँ हैं, जिसमें मैं समझता हूँ मौजूदा कर्मचारी ही काम कर सकते हैं। इसलिए नई भर्ती अभी क्यों ? इससे हमारी काफ़ी बचत भी होगी। फ़िलहाल इन पोस्टों को एन.एफ.एस. (नन फ़ाउण्ड सूटेबल) कर सभी को अनुपयुक्त कर बाहर सूचना लगा दी जाये।'' सभी ने रज़ामंदी जताते हुए कागज़ पर दस्तखत कर दिये।

जैसे ही बोर्ड पर सूचना लगाने के लिये चपरासी बाहर निकला, सभी ने अपने सुनहरे सपने सच होने की आस में उसे नतीजा जानने के लिये घेर लिया।

झुर्रियों के दाम

'खन्न, खन्न' ज़ोर से तीखी आवाज़ आई और खाने की घिसी हुई, टाँचे वाली स्टील की थाली पथरीले फ़र्श से टकराकर दूर जा गिरी। एक तरफ़ मोटी पीली मक्का की रोटियाँ, दूसरी तरफ़ दाल के कटोरे से लाल दाल निकलकर मिट्टी सने फ़र्श पर यों गिरी मानो मुँह चिढ़ा रही हो कि अब तुम मुझे नहीं खा सकते। बहत्तर साल के बूढ़े कान्ति बा ने उसके सामने आई खाने की थाली को हाथ से ज़ोर का झटका देकर दूर पटक दिया था। फिर चिल्लाकर बोला—

"गदेड़ों हज़ार बार मना करा कि जब मैं परेक्टिस करूँ तब मुझे मत सताओ, पर कमीनो, एक घण्टा भी चैन से परेक्टिस नहीं करने देते।"

"बिलकुल सठिया गये हो, दिन के तीन बजने को आये हैं, कौन जाने क्या बीमारी हो गई है? अबी भी खाना न दें तो कब दें? बेचारे छह साल के छोकरे को डराते-धमकाते सरम नी आती। खाने की इनसलट अलग, ऊपरवाले से डरो। जा बेटा सालू तू बार जा के खेल," बूढ़े कान्ति बा की सत्तर साल की बूढ़ी पत्नी चन्दो अपने पोते को बाहर भेजती हुई बोली।

"अरे मुई इस खाने की बीमारी के वास्ते ही तो सब कुछ करूँ हूँ। बेटे का कब तक खाऊँ? वर्ना अब इस बुढ़ापे में मुझे कौन-सा घूमने-फिरने, पहनने का शौक बचा है। समझे नी, बुढ़िया गई क्या? अब तू भी जा और चार बजे से पेले झोंपड़ी में न घुसियो। चल निकल बार," कान्ति बा ने बुढ़िया को चेतावनी दी।

"कित्ती देर तक बार आँगन में बैठूँ इस जाड़े की ठण्ड में? पड़ोसी पूछे

क्या बात है? बूढ़ा अन्दर। बुढ़िया बार।'' इस सनकी बुढ़ऊ के ताने सुनने से तो अच्छा है लोगों की बातें झेलूँ,'' बड़बड़ाती हुई चन्दो झोंपड़ी के बाहर आँगन में जाकर बैठ गई।

इतने में पड़ौस का मोढ़ी काका उधर से गुज़रा, ''क्यों? चन्दो मौसी, क्या बात है? कान्ति बा अन्दर बैठा-बैठा क्या करे है अकेला बुढ़ापे में? जो तुमे रोज़ घर के बार निकाल देवे। अरे बुढ़ापा तो औरत के सहारे ही गुज़रे है, ये नी जाने वो?''

''क्या पता, भाया कुछ बतावे नी, बस कहे है कि परेक्टिस करूँ हूँ, चुप रेने की। बिना हिले-डुले एक ठाँव बैठने की,'' चन्दो ने दुखी मन से जवाब दिया।

''कहीं नई लुगाई लाने की तो नी सोचे? सँभाल मौसी कहीं साधू संन्यासी बनके घरवाली को छोड़के नी चला जावे बुढ़ऊ,'' काका ने चेताया।

''जावे तो जावे, मैं तो अबी भी संन्यासिन ही हूँ। कुछ कमावे-धमावे है नी, अब तो बात करना भी बन्द कर दिया। अभ्भी भी बेटा दो टेम की रोटी देवे जो बाद में भी दे देवेगा,'' चन्दो ने जवाब दिया।

आँगन में थोड़ी ठण्डी हवा चलने लगी थी। पैबन्द लगी चादर में उसने अपने सूखे शरीर को समेट लिया। कुछ देर के लिए आँख लग गई, तो हड़बड़ाकर उठी। सड़क पर एक राहगीर को रोक कर पूछा—

''अरे भाया टेम किया हुआ है?''

''पाँच बजने आई अम्मा,'' वह बोला।

बुढ़िया ने जल्दी से जाकर झोंपड़ी का दरवाज़ा खोला, तो देखा बूढ़ा अभी भी बिना हिले-डुले लोहे की जंग खायी उस टूटी कुर्सी पर बैठा था।

''साधु-सनत बनने का इरादा है क्या? पर वो भी कुर्सी पे बैठ के? खाना-पीना छोड़, बतियाना छोड़, हरिद्वार जाना चाहो हो बीवी-बच्चों, नाती-पोतों को छोड़? काम-धाम कुछ है नहीं, यूँ नहीं कि कमाने-धमाने की कुछ जुगत जोड़े, ऊपर से ये घर से भागने की तैयारी और, कैसे मरद हो?'' चन्दो चिढ़कर बोली।

''अरे कमाने-धमाने की ही जुगत जोड़ रहा हूँ। नौकरी ही ऐसी मिली

है, जिसमें चुपचाप बिना हिले-डुले बैठे रहना है,'' कान्ति बा ने समझाया।

''ऐसी कैसी नौकरी ? काम-धन्धा ? जिसमें काम ही नहीं करना पड़े ? बिना काम करे, मेहनत करे, कोई बैठे रहने का पइसा नी दे। तुम समझो, ज़रूर कोई तुमे पागल बनावे है। ये काम मेरी तो समझ से बार है। पर इतना गुस्सा क्यों करो हो सब पे, बाल-बच्चों को तो बक्सो कमसकम।''

''अरे मेरी परेक्टिस टूटे है। अरे चुप रे के, बिना हिले-डुले दिन में दो-तीन बार एक-एक घण्टा बैठना, कोई आसान नहीं। बड़ा जोखिम भरा काम है, बिना काम बैठना। मन घबरा-घबरा जावे है। भोत परेक्टिस चावे। बोलना-सीखने में इन्सान को डेढ़-दो बरस लगे हैं, पर चुप रहना सीखने के लिये पूरी ज़िन्दगी कम पड़े है। एक महीना सुब्बे, दिन-शाम परेक्टिस करनी पड़ेगी, फिर बैठ के भी दिखाना पड़ेगा। फिर काम पे रखेंगे, नहीं तो छुट्टी।''

''फिर कै ऐसे फ़ालतू बैठने के लिए दुनियादारी छोड़ दोगे ?''

''चुपकर और अब मेरे से बतियाना कम कर। तुझे भी चुप रेने की परेक्टिस करनी पड़ेगी, नहीं तो मेरी भी परेक्टिस नहीं होगी, बतियाने को जी ललचायेगा। तुझे बात करनी हो तो किसी दूजे से जा के कर लेना।''

''बातूने तो खुद हो और मुझे चुप रेने की परेक्टिस करने को कहो और अब इस बुढ़ापे में मैं बतियाने के लिए कोई दूजा बूढ़ा ढूँढने कहाँ जाऊँ?''

~

पड़ौस की नम्मो की शादी थी। चन्दो बहुत खुश थी कि चलो कुछ दिनों के लिए तो दिल बहलेगा।

बहुत मेहमान आये थे, कुछ मिलने वाले चन्दो मौसी से मिलने भी आये, पर उसने उन्हें घर से बाहर आँगन में ही बैठा दिया, अन्दर किसी को नहीं जाने दिया। नामू दा ने ज़िद की कि उन्हें कान्ति बा से मिलना है, पर चन्दो ने यह कहकर मना कर दिया कि कान्ति बा की तबियत खराब है, डॉक्टर ने आराम करने को कहा है। अन्दर कान्ति बा कई-कई घण्टों प्रेक्टिस करते और सभी घरवालों को सख्त हिदायत दी गई थी कि कोई उन्हें ''डिसटरब'' न करे।

बाहर चन्दो खुश तो अन्दर कान्ति बा परेशान। शादी के माहौल में घर के

बाहर ढोल-तमाशे, बाजे-गाजे की आवाज़ें, बच्चों की चाँव-चाँव सुनकर कान्ति बा का माथा चढ़ गया। ध्यान लगाने की खूब कोशिश करते फिर भी तपस्या भंग हो जाती। पर उन्होंने ठान लिया था कि ये भी ठीक परेक्टिस का टाइम है, इतने शोर-शराबे में भी मैं नहीं हिलूँगा तो समझो मेरी परेक्टिस सफल, मैं परीक्षा में पास।

रात को नाच-गाने, ढोल, घुँघरू के बाद फेरे हुए। सुबह विदाई थी। कान्ति बा ने नाश्ते के बाद फिर झोंपड़ी का दरवाज़ा बन्द कर 'परेक्टिस' शुरू कर दी थी। बाहर नम्मो की विदाई का समय आ गया था। सभी रिश्तेदार, माँ-बाप, रोने-धोने में लगे थे कि अचानक नम्मो को याद आया कि अरे! कान्ति बा कहाँ हैं। मेरे बा कहाँ हैं? वह पास की झोंपड़ी के दरवाज़े के पास दौड़ी और दरवाज़े को ज़ोर-ज़ोर से खटखटाने लगी और चिल्लाने लगी—

''कान्ति बा! कान्ति बा! बाहर आओ, मुझे अपने बा से मिलना है।'' चन्दो ने भी सांकल खटखटायी और बोली—

''अरे! दरवाज़ा खोलो, देखो नम्मो है, हमारी बच्ची बम्बई जायेगी परदेस, वापस आने में भोत दिन लगेंगे। एक बार मिल लो।''

''कान्ति बा को क्या हो गया है?'' रोते-रोते नम्मो पीछे हटी और चन्दो के गले लग ज़ोर-ज़ोर से सिसकियाँ भरने लगी। फिर ससुराल की किसी औरत ने उसका हाथ पकड़ उसे आगे खींच लिया।

ठीक चार बजे जब विदाई के बाद सन्नाटा छा गया था, चन्दो ने ठक-ठक कर दरवाज़ा खटखटाया, कान्ति बा ने दरवाज़ा खोला। चन्दो चीखी—

''कुछ इमान-धरम इंसानियत बची की नी? उस बच्ची को गोद में खिलाया तुमने, उसकी बिदाई में न आये तुम? उसको खुसी-खुसी बिदा भी नहीं किया। बेचारी को तड़पाया, मायूस करा, उसकी सकल तक न देखी, किया हो गया है तुमे? उसको कभी बुखार भी चढ़ता था तो तुम रातों को जगते थे, जब उसका एक्सिडेन्ट हो गया था तो रो-रो के पागल हो गये थे, कौन-सी दर्गा, मज़ार, देवले पर मन्नत नी माँगी। और आज जब बिदा हो रही तो आँख में आँसू तक नहीं, आसीर्वाद तक नहीं? पत्थर की मूर्ति बन गये हो किया? थोबड़े पे एक शिकन नी पड़ी?''

''अरी थोबड़े पे ये जो पहले से ही इतनी झुर्रियाँ हैं, इन्हीं के तो दाम हैं।''

चन्दो ने देखा कि कान्ति बा तो फिर कुर्सी पर जा चुपचाप बैठ गये हैं तो वह भी चुप हो धम्म से फ़र्श पर बैठ गई। उसे आश्चर्य हुआ कि नम्मो की विदाई के दुख की एक रेखा भी कान्ति बा के चेहरे पर नहीं उभरी, बुढ़ऊ ने चेहरे को भी न हिलाने की काफ़ी परेक्टिस कर ली थी।

पूरे मोहल्ले में खबर फैल गई कि कान्ति बा पागल हो गया है, चुप रहता है। एक जगह से हिलता नहीं, कोई कुछ कहता है तो जवाब नहीं देता। यहाँ तक कि भाई की मृत्यु की खबर सुनकर भी बूढ़े की आँखों में आँसू न आये, बस शमशान जाकर उसे आग के हवाले कर सीधा घर आ गया, किसी से एक शब्द भी नहीं कहा।

~

अनुभा नई-नई ट्रान्सफ़र होकर इस बड़े कॉलेज में आई थी। कॉरीडोर में विभिन्न डिपार्टमेन्ट्स से गुज़रते हुए उसकी निगाह अक्सर एक कमरे के बाहर स्टूल पर धोती-कुर्ता पहने उस सत्तर-पिचहत्तर साल के बूढ़े, झुर्रियों से भरे चेहरे वाले आदमी पर जाती। वह रोज़ उसे देखती, वह भी उसे देखता, पर हिलता नहीं। अनुभा सोचती कि कैसा खड़ूस बूढ़ा है, इसको देखकर मुस्कुराती हूँ तो भी इसके चेहरे के हाव-भाव ज़रा नहीं बदलते, वरना तो इस कॉलेज के चपरासी, सफ़ाई कर्मचारी सभी नमस्कार कर उसका अभिनन्दन करते हैं। एक ये है, किस चीज़ का घमण्ड है इसे? अपने चेहरे की झुर्रियों का? जो मुस्कुरा ही नहीं सकता, बोल नहीं सकता, अभिवादन नहीं कर सकता, मूर्ति बनकर बैठा रहता है।

एक दिन अनुभा से रहा नहीं गया। वह बोली, ''अरे बा सा, कुछ बोला तो करो। मुस्कुराओ, हिलो-डुलो तो सही।''

अनुभा की बात सुनकर बा सा की आँखों में परेशानी साफ़ दिखाई दे रही थी।

''क्या बात है? इतने गुमसुम क्यों रहते हो? कुछ परेशानी है क्या? लोगों से बातचीत कर लिया करो, हँस-बोल लिया करो, दिल बहल जायेगा। परेशानियाँ भूल जाओगे।''

''क...क...क...कोई परेशानी नहीं।'' बूढ़े ने बहुत कोशिश कर धीरे से जवाब दिया।

''तो फिर ऐसे बुत बन क्यों बैठे रहते हो ?'' अनुभा ने पूछा।

''यही मेरी नौकरी है,'' बूढ़ा बोला, ''मैं ड्राइंग पेन्टिंग का मॉडल मेन हूँ।''

''ओह! मॉडल मैन। तो क्या हुआ ? हँस तो सकते हो ?'' अनुभा मुस्कुराई।

''परेक्टिस नहीं रही बोलने-मुस्कुराने की। अब तो चुप रहने की, बुत बनकर बैठने की परेक्टिस हो गई है,'' बूढ़े ने फिर छोटा-सा जवाब देकर मुँह पे ताला लगा लिया।

～

कान्ति बा को दो-तीन दिन हो गये थे, मॉडल बनकर लड़कियों के सामने बैठते-बैठते। कक्षा के सामने के प्लेटफ़ॉर्म पर कुर्सी रख कान्ति बा को स्थापित कर दिया जाता था।

''बहुत अच्छा, पर कान्ति बा आप थोड़ा हिलना और बन्द करो, थोड़ी और प्रेक्टिस करो और हम कहें वैसे बैठो। देखो ऐसे करोगे तो नहीं चलेगा, पहले भी एक को निकाल दिया था,'' मैडम बोली।

मॉडल मैन की स्थापना के बाद लड़कियाँ उन्हें पोज़ सिखातीं।

''अरे दादा जी अपनी खोपड़ी सीधी रखो।'' सुनीता जो बहुत चुलबुली थी, ने अपनी ड्रॉइंग पैंसिल साइड में रखी और प्लेटफ़ॉर्म पर चढ़ बा सा का सर पकड़ सामने की दीवार की तरफ़ ऐसे घुमाया जैसे वह कोई प्लास्टिक के खिलौने की खोपड़ी हो।

लड़कियाँ उन्हें दादा, नाना, काका, बा, बा सा कहकर बुलातीं।

''ओ बा सा, अपने पैर एक के ऊपर एक रखो।'' स्नेहा झुकी और उनकी एक टाँग को नीचे से पकड़कर ऊपर धक्का दिया, फिर धोती के लटके कपड़े को थोड़ा नीचे खींच दिया। कान्ति बा सकपका गये। इन बच्चियों ने तो मुझे लकड़ी का गुड्डा समझ रखा है। कुछ लड़कियाँ हँसतीं, मज़ाक करतीं, कुछ मुँह चढ़ा शिकायत करतीं, कहतीं कि आप हिले इसलिए हमारा स्केच बिगड़

गया। प्रतिभा ने तो उन्हें क्रीम दी और बोली, ''बा सा ये क्रीम लगाओ, सर्दी से तुम्हारी झुर्रियाँ कट-फट गई हैं, हमें ड्रॉइंग बनाने में बहुत मुश्किल होती है।'' पर कान्ति बा के चेहरे पर कोई नई रेखा नहीं उभरती।

लड़कियाँ कान्ति बा के चेहरे की झुर्रियाँ पैंसिल से अपने कैनवस पर उतारने लगतीं, होड़ रहती कि हू-ब-हू वैसा ही चेहरा देखें कौन कलाकार बनाता है? हर लड़की कान्ति बा के चेहरे की नाप लेने में, झुर्रियाँ गिनने, उनकी बनावट, उतार-चढ़ाव पढ़ने में लगी थीं। पर उन झुर्रियों के पीछे कितनी कहानियाँ थीं, वे सिर्फ़ कान्ति बा जानते थे। कान्ति बा को आश्चर्य होता बुढ़ापे की झुर्रियों का मोल-भाव देखकर। इतनी बारीकी से इन्हें देखा, बनाया जा रहा है। ये भी कोई पढ़ने की चीज़ है? कैसे लोग हैं ये? ये चाहें तो किसी जवान आदमी को भी रख सकते हैं, पर शायद इन्हें ये झुर्रियाँ जवानी के सफ़ाचट चेहरे से ज्यादा सुन्दर दिखती हैं। बुढ़ापे की झुर्रियाँ भी इतनी सुन्दर होती हैं। इतनी कीमती! कभी सोचा न था। मैं तो हमेशा बुढ़ापे को कोसता रहता था। एक नये माहौल में इतनी सारी लड़कियों को अपने चेहरे को नापते-तौलते देख कान्ति बा हैरान और खुश होते।

एक दिन कान्ति बा सामने दीवार पर लगी एक पेन्टिंग को घूरकर देख रहे थे ताकि हिलें नहीं कि अचानक सब लाल-पीला नज़र आने लगा। सिर चकराने लगा। 'धम्म।' एक ज़ोरदार आवाज़ हुई। लड़कियों ने देखा कि मॉडल मैन नीचे गिर गया। सब इकट्ठे हो गये। शायद कान्ति बा ने सुबह से कुछ खाया नहीं था।

''अरे बा सा! घर से कुछ खा-पीकर आया करो,'' अंजू मैडम बोली।

''आपने इन्हें पिछले सप्ताह का पेमेन्ट किया है?'' मोहन सर ने पूछा।

''हो जायेगा, परमिशन ही नहीं आई है अभी ऊपर से,'' अंजू मैडम ने कहा।

दो दिन बाद, कान्ति बा ने पाँच सौ का नोट चन्दो के हाथ में थमाया, ''ये ले मेरी नौकरी की पहली किस्त। ये तो सिरफ तीन दिन की कमाई है। अब समझ आई बैठे-बैठे भी इन्सान पैसे कमा सकता है,'' कान्ति बा ने खुश होते हुए कहा।

''ये कौन भगत है जो तुमे फ़ालतू, बिना काम, बिठाकर निहारे, तस्वीर बनाये और ऊपर से पैसे देवे है ? पति भी घरवाली से घर का पूरा काम करवा के ही उसे खर्चा देते हैं। तुम भगवान हो गये किया, जो बैठे-बैठे भगतों से कमाओ।''

''अरे बुढ़िया ये मेरी इन झुर्रियों की कमाई है। बस अब धीरे-धीरे सारे करजे उतर जावेंगे। पर सबसे पेले तो तू डाक्टर के पास जा और पाँच सौ रुपये दे और अपनी खाँसी की दवाई ला, एक्स-रे करवा। कित्ती खाँसे है। मेरी परेक्टिस में मुस्किल होवे है तेरी खाँसी से, घर के बाहर भी खड़-खड़ करे, अन्दर भी खड़-खड़ करे।'' कान्ति बा ने खुशी-खुशी पैसे चन्दो को थमाये।

''अपने पास ही रखो ये रुपए और एक गरम जरसी खरीदो खुद के लिए, कित्ती ठण्ड है, ऐसे में ये फटीटूटी पुरानी जरसी काम नी देगी,'' चन्दो बोली।

''अरी तू जा अपना इलाज करवा, मेरे को कुछ नहीं होने का। सर्दी से झुर्रियाँ पड़े हैं और मैडम खुश होवे है कि अब लड़कियों की सकेच बनाने की असली परीक्षा होगी,'' कान्ति बा बोला।

''पर तुम जानो हो कि पाँच सौ से मेरी दवाई नहीं आयेगी। डाक्टर ने कहा कि लम्बा इलाज चलेगा, दो साल। शुरू में तीन हज़ार लगेंगे जाँचों और दवाई के।''

''अरे हाँ, पर दस दिन की दवाई ही ले आ, बाकी पैसे आते रहेंगे, तो और दवाई लाती रहना। मेरे बुढ़ापे की इन झुर्रियों में अभी इत्ता दम है कि पैसे कमा सकूँ। चल उठ, जा अभ्भी के अभ्भी डाक्टर के पास जा,'' कान्ति बा ने उत्साहित हो चन्दो को डॉक्टर के पास भेजा।

जनवरी की ठण्ड थी। कान्ति बा स्टेज पर बैठे थे, खिड़की से तेज़ी से ठण्डी हवा आ रही थी, कान्ति बा अपना फटा-टूटा स्वेटर उतारकर बैठते थे। आज कमरे की सफ़ाई करते वक्त शायद किसी ने खिड़की खुली छोड़ दी। कान्ति बा को सिरहन चढ़ी। सोचा कि कभी खिड़की खोलकर परेक्टिस नहीं की, नहीं तो आज ठिठुरता नहीं। अब आज से ही खिड़की खोलकर परेक्टिस करूँगा। जीभ को दाँतों के बीच भींच कर कान्ति बा ने शरीर को काँपने से रोक ही लिया, बैठे रहे हिले नहीं, ये सोचकर कि अभी तो बच्चियों ने उनकी

झुर्रियों को बनाना शुरू ही किया था और आज तो इनकी परीक्षा थी। अगर अभी थोड़ी हिल-डुल की तो स्कैच बिगड़ जायेगा बेचारियों का और परीक्षा में नम्बर कम आयेंगे। नम्बर कम आये तो बच्चियों को आगे नौकरी नहीं मिलेगी। आधे घण्टे बाद कान्ति बा के बहुत रोकने पर भी उनका मुँह खुला और खाँसी ऐसे चली मानो बाँध तोड़कर तूफ़ान आ गया हो। सभी लड़कियाँ, मैडम, सर हैरान-परेशान, अब लड़कियाँ स्कैच कैसे पूरा करेंगी ?

''मॉडल मैन हिल गया, कान्ति बा हिल गये।'' सभी घबराकर उठ खड़े हुए।

''अरे कान्ति बा, आपने तो सबकी परीक्षा ही बिगाड़ दी। बी.ए. फ़ाइनल एग्ज़ाम के प्रेक्टिकल में ही धोखा दे दिया हमें। इतनी खाँसी आ रही थी तो थोड़ा पानी ही पी लेते,'' मैडम बोली।

''कान्ति बा, क्या तबियत खराब है ?'' रानो ने पास जाकर पूछा।

''अरे! खिड़की खुली है, कितनी ठण्ड आ रही है, बैठने से पहले चैक करना चाहिए था ना ?'' रीता बोली।

''अरे कान्ति बा कहीं तुम अभी बीमार न पड़ जाना अभी तो प्रेक्टिकल एग्ज़ाम के तीन दिन और हैं। अगर तबियत ज्यादा खराब हो, नहीं आ सकते हो तो आज शाम को ही बता देना ताकि हम आज ही किसी और को बुला लें,'' अंजु मैडम बोली।

''न-न, बिलकुल ठीक, ठीक हूँ। मैं कल टेम से आ जाऊँगा। दवाई खाके, कल सब ठीक हो जायेगा।'' पहली बार कान्ति बा को एक साथ तीन वाक्य बोलते हुए सबने सुना।

कान्ति बा जितनी जल्दी हो सकता था, घर पहुँचे और चन्दो से बोले—

''चन्दो तू अस्पताल गई थी परसों ? दवाई लाई अपने लिये ?'' और कुर्सी पर बैठ बहुत जोर-जोर से खाँसने लगे।

''ये तुमे क्या हो गया ? सुबे से शाम एक ही काम। परेक्टिस-परेक्टिस, अब दो-चार दिन की छुट्टी ले लो। कुछ आराम करो, कुछ सुख-दुख की बात करो, हँसो, रोओ। अपने-परायों में आओ-जाओ दिल हल्का हो जायेगा।''

''छुट्टी का नाम मत ले मैं ठीक हूँ। तेरे पास कुछ रुपये बचे हैं ? अगली

तनखा मिलते ही डाक्टर को दिखा देना, तेरा पूरा इलाज हो जावेगा। मुझे तो आज ही दवा लेनी पड़ेगी।''

''ये लो मैं बाद में चली जाऊँगी, पेले तुम अपनी तबियत सुधारो।'' पाँच सौ का नोट थमाते हुए वह बोली।

कान्ति बा खाँसते हुए उठे चन्दो की तरफ़ नज़र उठाई, पर फट से फिर नज़रें नीची कर लीं और दरवाज़े के बाहर हो लिये।

एक घण्टे बाद घर में घुसे तो दवाइयों की बड़ी थैली हाथ में थी।

''अरे! तुम और इतनी सारी दवाइयाँ! ज़िन्दगी भर नहीं खायी होंगी,'' मुस्कुराती हुई चन्दो बोली।

''पर अब खाऊँगा, जवानी में कभी ज़िन्दा रहने की इत्ती चाहत नहीं थी, अब इन झुर्रियों को सँभाल के रखना है, मेरी झुर्रियों की इत्ती ज़रूरत है दुनिया को। मुझे पता न था।''

फटाफट तीन-चार गोलियाँ खाईं, पीने की दवाई पी, खिड़की खोल कान्ति बा कुर्सी पर बैठे और चन्दो से बोले—

''तू झोंपड़ी में लेट जा, बाहर ठण्ड है, पर देख खाँसना कम, मेरी परेक्टिस बिगड़ेगी।''

''खुद को इत्ती खाँसी चल रही है और मुझे खाँसने से मना करो हो, ऊपर से ये खिड़की क्यूँ खोल ली?''

चन्दो चिढ़ी और चुपचाप कोने में रखे बिस्तर पर गठरी बन रज़ाई ओढ़कर पड़ गई। जानती थी कि बुढ़ऊ किसी की नहीं सुनता।

दूसरे दिन कान्ति बा ठीक नौ बजे कॉलेज पहुँच कुर्सी पर विराजमान हो गये। आज तबियत थोड़ी ठीक थी। दवाइयों से खाँसी भी कम पड़ गई थी।

''अरे वाह! आज तो कान्ति बा का चेहरा चमक रहा है, झुर्रियाँ गुलाबी हो गई हैं। कान्ति दा के गाल देखो, ही इज़ ब्लशिंग। आज तो बड़े सुन्दर स्कैच बनेंगे। कल क्रीम लगाई थी क्या? आज तो कान्ति बा पैसेवाले सेठ लग रहे हैं।''

कान्ता आगे आई और कान्ति बा के दोनों गालों को अपनी चुटकियों से खींचती हुई बोली—

''कुची-कुची बेबी। क्या बात है? क्रीम का असर है या इतनी लड़कियों

को देखने का ? या घर का ?'' यह सुन सब लड़कियों ने ठहाका लगाया। कान्ति बा के दिल में ठीक होने की खुशी थी, अब लड़कियों के मज़ाक से आँखों में भी थोड़ी चमक आ गई।

''कान्ति बा प्लीज़ आज, कल की तरह खाँसना मत, कल की तरह आज हमें धोखा मत देना, फ़ाइनल परीक्षा है। ये लो गोली, इसे मुँह में रखना। खाँसी नहीं चलेगी।''

आज लड़कियों ने बहुत अच्छे स्कैच बनाए थे। कान्ति बा आज बिलकुल नहीं खाँसे थे। क्लास खत्म हुई।

''नहीं खाँसने के लिये थैंक यू बा। हमारा एग्ज़ाम बहुत अच्छा हुआ, हम तो अच्छे नम्बरों से पास हो जायेंगे। बाय-बाय बा,'' कहती हुई सभी लड़कियों ने अपना-अपना सामान समेटा और चहकती, खिलखिलाती, खुशी-खुशी कक्षा से बाहर चली गईं।

आठ-दस मिनिट बाद चपरासी कमरे का ताला लगाने आया।

''कान्ति बा, आज घर नहीं जाना क्या ?''

कान्ति बा ने कोई जवाब नहीं दिया।

''बा उठ जाओ, ताला लगाना है।''

फिर वह चिढ़कर बोला—

''डोकरा बा जाओ, चेहरा देख के पता भी तो नहीं चलता बुढ़ऊ का, कि क्या कह रहा है ? हँसता है न भुसता है। सो गये क्या ?'' वह पास गया और कान्ति बा को उठाने के लिए जैसे ही कन्धे पर हाथ रखा कि धम्म से कान्ति बा ऐसे गिरे जैसे क्ले का मॉडल ज़मीन पर गिरता है। अभी भी चेहरे की झुर्रियों में कोई बदलाव न था, न दर्द का एहसास, न खुशी की झलक। झुर्रियों से कमाई की आस में न जाने कब जीता-जागता मॉडल मैन क्ले मॉडल में बदल गया, किसी को पता ही न चला।

वी.जी.आर.*

अखबार में वैवाहिकी में एक विज्ञापन पढ़कर सुधीर चौंका।

चाहिए सुयोग्य वर।

सामूहिक बलात्कार पीड़िता (वी.जी.आर.) के लिए, उम्र चौंतीस वर्ष, एम.ए., बी.एड., पाँचों अभियुक्तों को उम्रकैद, धर्म-जाति बन्धन नहीं। s.g.p.@gmail.com, 94140304060.

'कौन है यह लड़की? ऐसी स्वीकारोक्ति! इसकी क्वालीफ़िकेशंस लाजवाब हैं। पाँचों अभियुक्तों को उम्रकैद। वाकई इस देश में रेपिस्ट बरसों या हमेशा ही खुलेआम घूमते हैं और व्हाट्सएप, फ़ेसबुक पर मैसेज भेजने-रिसीव करने वालों को तुरन्त सज़ा हो जाती है। इस लड़की ने इनको अभियुक्त साबित कर सज़ा दिलवाई, बड़ी बात तो है ही, वरना तो लड़कियाँ बदनामी के डर से रिपोर्ट तक नहीं लिखवातीं। बेचारी इस बलात्कार पीड़िता, वो भी सामूहिक, के माँ-बाप को किस करिश्मे की उम्मीद है? इस हकीकत को जानने के बाद भी कोई राजकुमार सफ़ेद घोड़े पर सवार होकर आयेगा और उनकी बेटी को दुल्हन बनाकर ले जायेगा?' सुधीर विचारों में खो गया था।

~

''घोर आश्चर्य है कि जिन मर्दों ने तुम्हारे साथ घिनौना काम किया, इतना सब कुछ सहने-भुगतने के बाद भी तुम्हें मर्द जीवनसाथी की तलाश है। अरे!

---

*विक्टिम ऑफ़ गैंग रेप

किसी लड़की के लिए कहतीं तो भी हाँ कर देती मैं, तुम्हारी खुशियों के लिए। इतनी पढ़ी-लिखी होकर भी तुम्हें लगता है कि शादी के बिना औरत का जीवन अधूरा है? मौत के मुँह से निकलकर आयी हो फिर भी मर्द-ज़ात पर से भरोसा नहीं उठा तुम्हारा,'' माँ ने सुनिधि को फटकारा।

''इंसानियत से भरोसा नहीं उठा माँ। मैं सिर्फ़ एक आम लड़की की तरह ज़िन्दगी गुज़ारना चाहती हूँ, उस पर भी लोगों को एतराज़ हो तो क्या करूँ? लोग तो मुझे ऐसा अजीब प्राणी समझते हैं जो मरकर भी ज़िन्दा है, या फिर जिसे मर जाना चाहिए,'' सुनिधि बोली।

''पैंतीस वर्ष की होने को आई हो। भजन-कीर्तन, भगवान में मन लगाओ। अपने भगवान को अपने अन्दर खोजो, बाहर नहीं और उससे अकेले जीवन गुज़ारने की हिम्मत माँगो। शहनाइयों की गूँज इस घर-आँगन की किस्मत में नहीं। भूल जाओ दुनिया को,'' माँ ने हताश होते हुए कहा।

''उस घटना के बाद मैं सामाजिक प्राणी नहीं रही, माँ? औरत नहीं रही क्या? मैं सिर्फ़ खुश रहना चाहती हूँ,'' सुनिधि ने भावुकता से कहा।

''बेटी तुम सब कुछ भूलकर एक नये जीवन की शुरुआत करो,'' पापा ने माँ की ओर घूरकर देखते हुए कहा।

''पापा मैं जीत गई हूँ। इस जीत की खुशी में मैंने वो काला दिन, दस साल तक कोर्ट-कचहरी के चक्कर, वकीलों, अखबारवालों के नंगे करने वाले सवालों, आत्मा को छलनी करने वाली कोर्ट की लम्बी बहस, लोगों की गिद्ध जैसी नज़रें, इन्साफ़ पाने के लिए सालों के लम्बे संघर्ष को भुला दिया है। वो मेरा बीता हुआ कल है। हम जीत गये, पाँचों अभियुक्त जेल में सज़ा भुगत रहे हैं। पर अब? मैं अपने जीवन को उसी ट्रेक पर लाना चाहती हूँ, पटरी पर उसी रफ़्तार से दौड़ना चाहती हूँ, जहाँ से उन्होंने मुझे उखाड़ा था,'' सुनिधि एक साँस में अपनी बात कह गई।

''बहुत सपने देखती हो बेटी,'' माँ ने टोका।

''माँ तुम्हें देखकर ही सपने देखती हूँ। तुम मुझे इतनी प्यारी लगती हो कि मैं भी तुम्हारी तरह माँ बनना चाहती हूँ। एक प्यार करने वाला पति, प्यारे बच्चे जिनके साथ छुपा-छुपी खेलूँ, उन्हें आसमान में उछालूँ, सुबह टिफ़िन

बनाऊँ, बैग देकर स्कूल भेजूँ, बहुत बिज़ी हो जाऊँ। मैं स्वयं को समर्पित ही तो करना चाह रही हूँ। उस दुर्घटना के बाद क्या मैं अपने इन नन्हे-मुन्ने सपनों का गला घोंट दूँ? उस सबमें मेरा क्या दोष था? अपने जीवन की मंज़िल भुला देने में मुझे अपनी हार दिखाई देती है।''

''सपने तो हमने भी बहुत देखे थे बेटी तुम्हारे लिये। तुम्हारे पैदा होने के बाद मैं लोरी में भी, एक गाना हमेशा सुनाती थी तुम्हें—चाँद-सा दूल्हा मिलेगा, रानी बेटी राज करेगी। और तू बड़ी हुई तो मेहन्दी तो मेहन्दी है रंग लायेगी, सूनी हथेली पर सज जायेगी, हल्की गुलाबी मेहन्दी रची तो आयेगा ऐसा जो होगा हसीन, गहरी रची तो आयेगा ऐसा जो होगा मन का रंगीला—यह गीत गुनगुनाना आदत बन गई थी मेरी, पर क्या पता था कि मेरी बच्ची की हथेलियाँ कोई खून से रंग देगा। तुम सपने देख सकती हो, पर मेरी अब सपने देखने की उम्र नहीं रही। हकीक़त यह है कि दस साल हो गये हैं तुम्हारी शादी की कोशिश करते-करते। अखबारों में वैवाहिक विज्ञापनों को पढ़-पढ़ कर मेरी आँखें चुंधिया गईं, लोगों को तुम्हारा बायो-डेटा भेज-भेज कर मन और हाथ हार गये हैं। तुम्हारा सच सामूहिक बलात्कार पीड़िता सुनते ही लोगों को साँप सूँघ जाता है,'' थोड़ी चुप्पी के बाद माँ आगे बोली—

''यहाँ तक कि एन.आर.आई. जो ज़्यादातर तलाकशुदा या चालीस पार हैं, पत्र में पहले 'हाँ' करते हैं, फिर बातचीत में 'सामूहिक बलात्कार पीड़िता' सुनते ही चुप्पी साध लेते हैं। इस देश के लोगों की सोच विदेशों में बरसों रहने के बाद भी नहीं बदलती। ये एन.आर.आई. नहीं नारकीय हैं एन.आर.के.आई. और वो डॉक्टर गाइनाकोलॉजिस्ट जिसने तुम्हें देखते ही 'जल्दी शादी की तैयारियाँ करो' कह दिया था, रेप का पता चलते ही पलट गया। सैकड़ों महिलाओं का चेक-अप और डिलीवरी करने के बाद उसे स्वयं के लिए अनछुई बीवी चाहिए। नरक में जायें दरिन्दे, साले...'' माँ को गुस्सा चढ़ने लगा था।

''छोड़ो माँ, जो आदमी औरत के शरीर को ही नहीं समझ सका, वो उसके मन को क्या समझेगा?'' सुनिधि ने माँ को सांत्वना दी।

''तुम फ़िक्र न करो, इस बार हम खुद अपनी ओर से अपनी बिटिया

का वैवाहिक विज्ञापन देते हैं,'' पापा बोले।

''पर पापा मैं अपने जीवन की कड़वी सच्चाई नहीं छिपाऊँगी,'' सुनिधि दोटूक बोली।

''तो क्या तुम अखबार में खुद को 'सामूहिक बलात्कार पीड़िता' छपवाओगी ?'' माँ ने त्यौरियाँ चढ़ाते हुए पूछा।

''मेरा रिश्ता झूठ पर टिका हो ? हर्गिज़ नहीं।'' सुनिधि ने तीखेपन से जवाब दिया।

''याद नहीं जब समाज के युवा-युवती परिचय सम्मेलन में गये थे तो कैसी बेइज्ज़ती हुई थी ? जैसे ही तुमने स्टेज पर जाकर अपना परिचय दिया तो समाज के लोग कैसे हँसे और थू-थू की। क्यों जी अब अपनी बेटी के साथ हुए दुष्कर्म की कहानी अखबारों में दस साल बाद फिर से खुद ही छपवाओगे ?'' पिताजी की ओर मुड़ते हुए माँ ने गुस्से से पूछा।

''लो यह लेपटॉप और जो सच लिखना चाहो लिखो,'' पापा ने सुनिधि को पास रखा लेपटॉप थमाया।

सुनिधि ने विज्ञापन टाइप कर अखबार को ई-मेल किया। कुछ ही देर में अखबार के दफ़्तर से एक ई-मेल आया। उसमें पूछा गया—कृपया बतायें कि आपके इस विज्ञापन को हमारे अखबार के क्लासीफ़ाइड वैवाहिकी के 85 हेड्स में से किस सब-हेड में डालें ? वर चाहिए के सब-हेड्स हैं—अन्तर्जातीय, अग्रवाल, अरोड़ा, ब्राह्मण—गुर्जर, गौड़, सनाढ्य, जांगीड़, लौहार, तलाकशुदा, पंजाबी, सारस्वत, उत्तराखण्डी, वशिष्ठ ब्राह्मण, चतुर्वेदी, भारद्वाज, दाधीच, मैथिल, दसनाथ, गोस्वामी, नागदा, मेनारिया, सुखवाल, गौतम, जैन—दिगम्बर, श्वेताम्बर, बड़े साजन, छोटे साजन, कायस्थ, मुस्लिम—शिया, सुन्नी, राजपूत, बोहरा, सैनी, सोनी, सिक्ख, यादव, सेन, मीणा, कुमावत, प्रजापति, बंगाली, जाटव, गुर्जर, अन्य में—कोहली, खटीक, धोबी, मेघवाल, रेगर, मेवाड़ा, सालवी, कलाल, बलाई, कोली, महावर, आदिवासी, भील, बैरवा, मांगलिक, आंशिक मांगलिक। उत्तर भारतीय, दक्षिणी भारतीय। शार्ट फ़ॉर्म इस तरह लिख सकते हैं—SM4-सूटेबल मैच फ़ॉर, PQM4-प्रोफ़ेशनली क्वालीफ़ाइड मैच फ़ॉर। VB-वेरी ब्यूटीफुल, GB4, KKB इत्यादि।

सुनिधि ने जवाब टाइप किया,

'श्रीमान् सम्पादक, मेरी जाति इन सबसे अलग है। इसके लिए एक नया हेड या बॉक्स बनाइये और उसमें सामूहिक बलात्कार पीड़िता VGR यानी विक्टिम ऑफ़ गैंग रेप लिखिए।'

—सुनिधि।

~

आज सुधीर के हाथ में अखबार था। फिर वही विज्ञापन, फिर रविवार था। इस विज्ञापन को कई बार पढ़ा, शायद पाँच-छह महीने में कई बार रिपीट हुआ। मानव, सुधीर के घर का दरवाज़ा खोल अन्दर आकर उसके सामने सोफ़े पर बैठ गया। दो बार चुटकी बजाई 'चट-चट' फिर ज़ोर से ताली बजाई, बोला—

"हैलो मिस्टर ई.बी. (एलिजिबल बैचलर)! कहाँ खोया है? रविवारीय वैवाहिकी। कितनी लड़कियाँ पसन्द कीं आज? हूर की परी चाहिए तुझे तो इतने साल यूँ ही रहा तो ई.बी. से सी.बी. (कनफ़र्म्ड बैचलर) होने में देर नहीं लगेगी।"

"अब आया रे तू? घण्टी नहीं बजा सकता था? ढंग से आता तो पता चलता, सीधे घर के अन्दर घुसा चला आता है। कुछ तमीज़ है या नहीं?" सुधीर ने हँसकर कहा।

"तेरे घर में आने के लिए जिस दिन मुझे घण्टी बजानी पड़ेगी, उस दिन से आना बन्द कर दूँगा।"

"बस इसलिए ही तो मैं लड़की पसन्द नहीं करता, भाभी के आने के बाद तो तुझे बेल बजाकर ही आना पड़ेगा।"

"कोई बात नहीं यार, पर तू अब तो कोई लड़की पसन्द कर ले। अपनी बीवी को साथ लाऊँगा तब। मैं खुद एक मैट्रीमोनियल कम्पनी चलाता हूँ, कितनी लड़कियाँ बताईं जनाब को पर...कितनों से पत्र व्यवहार किया, किसी की फ़ोटो पसन्द नहीं आती, किसी का शहर, घर-बार, रहन-सहन, पिता की थानेदारी, किसी को देखने पर रंग, नाक-नक्श, कद-काठी, सम्मोहित नहीं करती, कोई पढ़ी-लिखी है, पर नज़र नहीं आती। ला इधर अखबार," मानव ने उसके हाथ से अखबार छीना।

ज़ोर से एक विज्ञापन पढ़ने लगा, ''चाहिए सुयोग्य वर—सामूहिक बलात्कार पीड़िता VGR, उम्र पैंतीस वर्ष, पाँचों अभियुक्तों को उम्रकैद...'' पढ़ते-पढ़ते मानव की आवाज़ धीमी हो गई। उसने सुधीर से पूछा—

''तूने ये ऐड पढ़ा?''

''हाँ पढ़ा, सात महीनों से पढ़ रहा हूँ, कोई आज पहली बार नहीं छपा है। पर...तू मुझसे यह क्यूँ पूछ रहा है? क्या मतलब है तेरा?'' सुधीर ने त्यौरियाँ चढ़ाकर अपने दोस्त से सवाल किया।

''अरे यार! मैं कब कह रहा हूँ कि तू इससे शादी...मैं तो इस विज्ञापन को पढ़कर आश्चर्यचकित, चिन्तित और सोच में पड़ गया हूँ। ऐसा विज्ञापन मेरे मैट्रिमोनियल ब्यूरो में कभी नहीं आया।''

''हाँ, मैं भी इस विज्ञापन को भूल नहीं पा रहा हूँ, कौन है जो इस लड़की से शादी करेगा?''

''क्यों नहीं? कोई तो होगा इस धरती पर जो बलात्कार पीड़िता को शादी लायक लड़की समझे और अपनी दुल्हन बनाए,'' मानव ने जवाब दिया।

''मुझे उम्मीद नहीं, कोई सनकी ही हो सकता है और कोई तैयार भी होगा तो उसके माँ-बाप, दोस्त-रिश्तेदार, समाज तैयार होगा? हमारे देश में तो शादी सिर्फ़ लड़का-लड़की यानी एक्स प्लस वाई (X + Y) में नहीं होती, वह तो (ABC X + DEFYZ) के बीच तय होती है। माँ-बाप, दोस्त, रिश्तेदार सभी को लड़की पसन्द आनी चाहिए। मैं तो सोच भी नहीं सकता। सामूहिक बलात्कार पीड़िता—वी.जी.आर.,'' सुधीर गम्भीरता से बोला।

''अपना देश भी बड़ा अजीब है यार। रेप विक्टिम से ज़्यादा इज़्ज़त पॉर्न स्टार्स को दी जाती है। पॉर्न स्टार एक्टिंग कर स्टार बन जाते हैं, करोड़पति उन लड़कियों से शादी के लिए चक्कर काटते हैं,'' मानव बड़े दुखी मन से आगे बोलता गया—

''अरे यार, हमारे देश के लोग कितने बँटे हुए हैं अगर तू जानना चाहता है ना तो अखबार के मैट्रिमोनियल कॉलम को देख, नब्बे से ज़्यादा जात-पाँत के बन्धन जो आपस में शादी करना पसन्द नहीं करते, छोटे-मोटे तो अनगिनत हैं। यहाँ तो आम लड़की की शादी होना ही कठिन है, देखा नहीं मेरी बहिन

के पास क्या नहीं था ? लम्बी, गोरी, पढ़ी-लिखी फिर भी कोई पसन्द ही नहीं करता था, आखिर उम्र बढ़ने की वजह से उसकी बिन बराबरी के लड़के से शादी करनी पड़ी। ऐसे में इस लड़की के लिए क्या उम्मीद करें ?'' मानव ने अपनी बात पूरी की।

''जहाँ तक आजकल के लड़कों का सवाल है, शादी करने में जितना इस लड़की का बलात्कार बीच में नहीं आता, उससे अधिक लड़की का व्यवहार अड़चन बन जाता है। लड़की समाज से लगभग बहिष्कृत-सी हो जाती है, जिससे वह दुखी और कई बार मनोविकारों से पीड़ित, साइकिक, एब्नॉर्मल-सी हो जाती है। विरली ही होंगी जो इस हादसे को भूल कर इससे उभर पाती होंगी, इस तरह के समाज में रहकर। ऐसी लड़की को सँभालना काफ़ी मुश्किल है, फिर लड़के को पता हो तो उसे इस तरह की लड़की को खुश रखने और उसके साथ खुश रहने के लिए एक्स्ट्रा एफ़र्ट्स करने होंगे और कोई इन सब लफ़ड़ों में क्यों पड़े, जबकि उसके पास नॉर्मल ऑफ़र्स की कोई कमी नहीं है,'' सुधीर बोला।

''फिर इस तरह की लड़कियों से शादी कौन करेगा ? बहादुरी तो बेशक इसने और इसके माता-पिता ने दिखाई है। धोखेबाज़ भी ये नहीं। सच को सबसे पहले, सबके सामने स्वीकारा है, चाहे वह कितना भी कड़वा क्यों नहीं है। एक मैट्रिमोनियल ब्यूरो का मैनेजर होने के नाते मैंने हज़ारों शादियाँ करवाई हैं। हज़ारों लड़कों के सम्पर्क में रहता हूँ। मैं इस लड़की की शादी करवाने का चैलेन्ज लेता हूँ,'' मानव ने गर्व से कहा।

''और मैं कहता हूँ, तू हार जायेगा। क्या कहेगा लड़की से ? समझाना उसे कि जब तक यह बलात्कार वाली बात विज्ञापन में होगी, तब तक बात नहीं बनेगी। और ये हकीकत कि पाँचों अभियुक्त उम्रकैद की सज़ा भुगत रहे हैं, बयान करना ज़रूरी नहीं, इसकी जगह लिख दे, बहादुर। वैसे भी स्त्री-पुरुष के संबंधों में आज काफ़ी खुलापन आ गया है। क्या फ़र्क पड़ता है। यही तो सच है और फिर क्या विवाहित स्त्रियों के साथ दुष्कर्म नहीं होता ? क्या पति ज़बरदस्ती नहीं करता ? कितनी-कितनी बार ?'' सुधीर बोला। मानव ने उसी समय विज्ञापन में दिये गये नम्बर पर फ़ोन लगाया।

‘‘हैलो। नमस्कार। मैं मानव बोल रहा हूँ। मैं एक मैट्रिमोनियल ब्यूरो चलाता हूँ। क्या मैं जान सकता हूँ आप कौन बोल रही हैं?’’

‘‘मैं सुनिधि। कहिये क्या काम है?’’

‘‘मैडम, मैंने ‘सुबह’ अखबार में आपका मैट्रिमोनियल ऐड पढ़ा। मैं उससे बहुत प्रभावित हूँ और हमारे मैट्रिमोनियल ब्यूरो के लिए विज्ञापन लेने आपके घर आना चाहता हूँ।’’

‘‘अजीब बात है, मेरा ऐड लेने आप मेरे घर आयेंगे, बड़ा इन्टरेस्टिंग है ना मेरा विज्ञापन, सनसनी फैलाने वाला, बहुत पब्लिसिटी मिलेगी आपको। आप उसी मैरिज ब्यूरो से हैं ना, जिसका विज्ञापन आता है—रिश्ते ही रिश्ते— समस्त जाति के, हर उम्र के रिश्ते के लिए अवश्य मिलें। नि:शुल्क महिला रजिस्ट्रेशन—सोनाक्षी मैरिज ब्यूरो। अब बलात्कार पीड़िताओं के घर आकर विज्ञापन लेने लगे हैं क्या?’’

‘‘नहीं-नहीं ये बात नहीं है। दरअसल मैं ‘द-मैट्रिमनी’ से हूँ, आपसे कुछ ज़रूरी सलाह चाहता हूँ।’’

‘‘सलाह लेना या देना?’’

‘‘मैडम, प्लीज़ मैं आपसे और आपके माता-पिता से मिलना चाहता हूँ, कृपया मुझे सिर्फ़ दस मिनिट दें,’’ मानव ने नम्र होकर आग्रह किया।

~

बुधवार को मानव और सुधीर मिस्टर राघव से रू-ब-रू थे। परिचय के बाद सभी मुख्य मुद्दे पर आने की हिम्मत जुटाने की कोशिश में इधर-उधर की बातें कर रहे थे। थोड़ी देर में काली-सफ़ेद साड़ी में लिपटी सामान्य नाक-नक्श वाली लड़की ट्रे में पानी, चाय-बिस्किट लेकर अन्दर आई और साइड में सोफ़े पर बैठ गई। मानव ने उठकर अपना परिचय दिया, पर सुधीर चुप रहा। फिर औपचारिक बातें शुरू हुईं।

‘‘चाय लीजिए,’’ सुनिधि ने दोनों से आग्रह किया।

‘‘आपकी एज्यूकेशन कहाँ से हुई है?’’ साइड में बैठे सुधीर ने सुनिधि से कुछ खुलने के लिए बात शुरू की।

‘‘एस.एम.एस. कॉलेज से मैंने 2003 में म्यूज़िक में एम.ए. किया था।’’

‘‘अरे हम दोनों भी तो उसी कॉलेज के इकोनॉमिक्स 2001 बैच पास आउट हैं। सब्जेक्ट अलग होने की वजह से मुलाकात नहीं हुई। तो क्या हुआ? हम तुमसे दो साल सीनियर हैं,’’ हँसकर मानव बोला।

‘‘अच्छा तो वो आपके बैच का ही लड़का था जो कॉलेज का प्रेसीडेन्ट बना था, वो सब लड़कियों के घर पहुँच जाता था वोट माँगने, बस मेरे यहाँ आने की हिम्मत नहीं हुई उसकी,’’ सुनिधि ने उनके साथ मिक्स-अप होते हुए मुस्कुराकर कहा।

‘‘सुनिधि जी, आप लड़कियों ने ही उसे जिताया था वरना हम लड़कों को तो उसकी असलियत पता थी। पढ़ता-लिखता कुछ था नहीं, बस नेतागिरी, लड़कियों के चक्कर काटना, यही काम थे उसके,’’ मानव ने ठहाका लगाया।

‘‘हमें तो उसने कहा था कि वह यूनिवर्सिटी में कई अवार्ड्स ले चुका है, हज़ारों वादे किये थे, जीतने पर मैं ये कर दूँगा, वो कर दूँगा। लड़कियों के टॉयलेट्स, लाइब्रेरी टाइमिंग्स, इव-टीज़िंग, रैगिंग की समस्याओं को सुलझा दूँगा। पर जीतने के बाद उसने काफ़ी कोशिश तो की थी, वी.सी. से मिलकर,’’ सुनिधि उत्साहित होकर बोली।

‘‘आप ज़रा साइड में बैठे इन जनाब का चेहरा गौर से देखिए और पहचानिए इन्हें, ये ही हैं वो शख्स जो वोट माँगने आपके घर आने की हिम्मत नहीं जुटा सके थे। 2001 में कॉलेज के चंचल प्रेसीडेन्ट और आज अर्थशास्त्र के गम्भीर व्याख्याता—मिस्टर सुधीर के.आर.,’’ मानव हँसकर बोला।

सुनिधि मुड़ी और सुधीर को ध्यान से देखा, ‘‘ओह! सॉरी, मैं तो आपको पहचान ही नहीं पाई। थोड़े मोटे हो गये हैं, ये चश्मा पहले नहीं था और ये सफ़ेद बाल...’’ सुनिधि बोल उठी।

‘‘और आप क्या समझती हैं, आप अभी भी वैसी ही हैं? मैं भी आपको नहीं पहचान पाया। आप वही हैं ना जो हमेशा म्यूज़िक कॉम्पीटिशन्स में फ़र्स्ट आया करती थीं? अब भी बजाती हैं या नहीं?’’ सुधीर अचानक पूछ बैठा।

‘‘अब क्या बजाऊँगी, मेरी ज़िन्दगी के तो तार ही टूट चुके हैं। खैर मैं एक सामूहिक बलात्कार पीड़िता (VGR) हूँ। आप जानते हैं उस वजह से

बहुत कुछ बदल गया, पीछे छूट गया।'' अपने सच को याद कर सुनिधि की आवाज़ अचानक गम्भीर हो गई।

''उस सबके बाद भी आपने अपना धैर्य नहीं खोया। इतनी बहादुर हैं, बस पॉज़िटिव थिंकिंग रखिए। मैं अपने मैरिज ब्यूरो की ओर से आपके सुर से सुर मिलाने वाला मैच ढूँढने की पूरी कोशिश करूँगा। मैं आपसे बस इसी सिलसिले में बात करने आया था। मैं आपका विज्ञापन छापना चाहता हूँ। आपसे मेरा यह नम्र निवेदन है कि बस आप उसमें कुछ बदलाव कर दीजिए। देखिए सच बहुत कड़वा होता है, उसे लोग एकदम स्वीकार नहीं कर सकते। हम शुरुआत उससे न करें। ये जो आपने शुरू में सामूहिक बलात्कार पीड़िता, (VGR) लिखा है, उसे बाद में... ।'' मानव आगे कुछ और बोलता इससे पहले सुधीर ने उसकी बात बीच में काट कर बोलना शुरू किया—

''अपनी सच्चाई उजागर कर आपने बहुत अच्छा किया। अपनी सच्चाई को स्वीकार कर खुद को सहज कर लिया है। आपको वो ही स्वीकार करे, जो पहले आपकी सच्चाई को स्वीकार करे। कौन कहता है कि बलात्कार पीड़ित लड़कियाँ सहज, सामान्य नहीं होतीं ? या उनमें कुछ मानसिक विकृतियाँ होती हैं ? या वो डरपोक होती हैं, आज आपको स्वयं को वी.जी.आर. कहते समय कोई शर्म महसूस नहीं होती, सच में शर्मिन्दा तो वो हों जो जेल में हैं, यही आपकी जीत है। आप वाकई बहादुर हैं।'' सुधीर से रहा नहीं गया।

''मुझे उस अँधेरे से निकालने के लिए मेरे माता-पिता को धन्यवाद दीजिए, उस दुर्घटना के बाद इन्होंने मुझे एक बार फिर गोद के बच्चे की तरह सँभाला और नॉर्मल किया वरना इस समाज ने तो... !'' मेरी हिम्मत की तारीफ़ तो बहुत लोग करते हैं, परन्तु सच तो ये है मिस्टर सुधीर—

खुलूस-ए-दिल से जो पुकार सके मुझे

उस शख़्स का अभी तक है इन्तज़ार मुझे।

सुनिधि के इन लफ़्ज़ों के बाद कमरे में कुछ देर सन्नाटा छाया रहा। थोड़ी ही देर बाद सुधीर ने धीरे से पुकारा—सुनिधि, और अपना हाथ सुनिधि की ओर बढ़ा दिया।

रद्दीवाला

"**अ**रे ओ रद्दी! ओए रद्दीवाले, रुकना।"

कॉलोनी की सड़क पर रद्दी-ई-ई-ई वा-अ-ले-ऐ की टेर सुन राधिका बँगले के बड़े गार्डन के अन्दर से चिल्लाई।

आज हर हाल में रद्दी बेचनी है, बहुत दिन से कूड़ा घर में जमा है। वास्तु के हिसाब से भी घर में रद्दी इकट्ठी करना अशुभ है। मेन गेट खोलकर वह घर के बाहर निकली। उसने रद्दीवाले को ऊपर से नीचे तक घूरा। जो अल्हड़ मस्त चाल से रद्दी का ठेला धकेल रहा था। साँवला रंग, लम्बाई 5'6-7'', लिबास—भड़कीला, लाल टी-शर्ट, नई पर मैली, नीली सस्ती जींस, दाग-धब्बों वाली, बड़े-बड़े मैले स्पोर्ट्स शूज़। गाल पर खरोंचों के लम्बे-लम्बे तीन निशान, जिन पर खुरंट आ चुका था, लम्बे बालों की लटें गर्दन पर लटक रही थीं। तीकोने लेंस वाला प्लास्टिक का काला चश्मा, जिस पर रिबोक की नकली चिकत्ती चिपकी थी, जिसे उसने सिर पर चढ़ा रखा था। उम्र कोई सोलह-सत्रह साल से ज्यादा नहीं। 'बड़ा हीरो बना है, चवन्नी छाप, धंधा है रद्दी का और मिज़ाज!' राधिका ने मन में सोचा, फिर पूछा—

"क्या भाव ले रहा है रद्दी? अखबार की?"

"सात रुपये किलो।"

"अंग्रेज़ी अखबार भी है। आठ रुपये किलो ले लेना।"

"आंटी, रद्दी तो रद्दी है, रद्दी के भाव ही जायेगी, चाहे अंग्रेज़ी हो या हिन्दी।"

"चल साढ़े सात ले लेना। आ जा बरामदे में और वहीं खड़े रहना। मैं

रद्दी बाहर लाती हूँ।'' सख्त हिदायत देकर राधिका घर के अन्दर गई। कुछ ही देर में राधिका अखबारों से भरा बोरा घसीट कर बाहर लाई और रद्दीवाले के सामने उलट दिया।

''पहले तेरा तराजू बता, सही है या नहीं? फिर तौलना।''

उसने झट तराजू ऊपर किया। तराजू पुराना, टूटा-फूटा जंग लगा और टेढ़ा-मेढ़ा था। बहुत कोशिश करने पर भी संतुलित नहीं हुआ, पर वह तुरन्त बोला—

''थोड़ा-सा ही तो फ़र्क है आंटी। कोई बात नहीं मैं आपकी रद्दी दूसरी तरफ़ से तौल दूँगा।''

''धंधा करने निकला है, तराजू और बाट तो सही रखा कर। बेईमानी करता है,'' राधिका तुनक कर बोली।

''धंधा कौन-सा सोने का है? है तो रद्दी का ही, थोड़ा कम-ज्यादा चलता है। फिर मेरे पास ये आँखों पे काली पट्टी वाली इंसाफ़ की देवी वाला तराजू तो हो नहीं सकता ना।'' इतना कहकर वह अपने ठेले से कबाड़े में से इंसाफ़ की देवी की मूर्ति निकालकर लाया और बोला—

''एक पलड़ा टूट गया है। सो-पीस है। आपको चाहिए? आप इसका एक पलड़ा सही से चिपका देना जो चाहे पैसे दे देना। एक बार पकड़ कर तो देखिए बहुत अच्छी है।'' उसने ज़बरदस्ती राधिका के हाथ में मूर्ति थमा दी और आगे बोला—

''एक बात कहूँ, आंटी जी, आपका चेहरा कुछ-कुछ इस तराजू वाली आंटी से मिलता है।''

एक पल के लिये राधिका को लगा कि सचमुच उसके हाथ में तराजू आ गया हो, जिसके एक पलड़े में ये गरीब रद्दीवाला है और दूसरे में उसका खुद का सत्रह साल का बेटा सनी। कितना फ़र्क है दोनों में। सचमुच इतने फ़र्क से तो तराजू का पलड़ा टूट ही जायेगा। राधिका ने एक झटके से इंसाफ़ की देवी की मूर्ति को फिर से रद्दी में डाल दिया। मन में पैदा हुए एक भारी बोझ से मुक्ति पा ली, फिर चिढ़कर बोली—

''चुप रह, काम कर। मुझे नहीं चाहिए। चल जल्दी से रद्दी तौल। मुझे

और मेरा घर देखकर तुझे लगता है कि मैं तुझसे, एक रद्दीवाले से शो-पीस खरीदूँगी? ऐसे बुरे दिन अभी नहीं हैं मेरे।''

''एक किलो, दो किलो, तीन किलो,'' वह बरामदे में बैठकर रद्दी तौलता रहा और राधिका न चाहते हुए भी उसकी ज़िन्दगी को तौलती रही।

तौलते-तौलते वह अंग्रेज़ी का रंगीन *सण्डे टाइम्स* उठाकर देखने लगा।

''तुझे पढ़ने का शौक है? चल घर जाकर पढ़ लेना, पहले रद्दी तौल दे।''

''आंटी आपने मुझे पहचाना नहीं। छह साल पहले भी मैं आपके यहाँ रद्दी लेने आया था। मैं वो ही पढ़ने का शौकीन रद्दीवाला लड़का। मैं बहुत कहानियाँ पढ़ता हूँ। आपने अपने बेटे की कुछ किताबें और मैग्ज़ीन दी थीं। मैंने उन्हें बहुत टाइम तक पढ़ा। आपका बेटा आजकल क्या काम करता है?''

''काम? अभी से? अभी तो बारहवीं में पढ़ता है। तुझे पढ़ने का शौक है तो पढ़ाकर।''

''पढ़ने-लिखने के तो सपने ही देखता रहता हूँ। कहने को तो पूरा दिन इन अखबार, कॉपी-किताबों के अक्षरों के साथ रहता हूँ, पर इन्हें पढ़ने बैठ गया तो खाऊँगा क्या? बस सोचता ही रहता हूँ।''

''तू लगता तो फ़ैशन का शौकीन है। ये काला चश्मा लगाकर हीरो बना क्यों घूमता है?'' राधिका ने मज़ाक में कहा।

''वो क्या है ना आंटी कि चश्मा-वश्मा लगाने से लोग अपुन को बहुत लाइक करते हैं। बैसे तो इस एरिया में तीन-चार रद्दीवाले हैं, पर सबसे ज़्यादा लोग मुझे ही रद्दी बेचते हैं। और फिर मैं रद्दी बेचने का धंधा करता हूँ तो क्या? खुद रद्दी जैसा बनकर क्यों रहूँ? जब कभी रेशमीन कागज़ों वाले रंगीन अखबार और मैग्ज़ीन देखता हूँ, छूता हूँ तो सपने देखता हूँ कि मेरी ज़िन्दगी रद्दी ही सही पर कभी ऐसी हो जाये रेशमीन, रंगीली, थोड़ी-सी खूबसूरत।''

''बहुत उड़ता है तू।'' उसकी बातें सुनकर न जाने क्यों राधिका को लगा कि उसे एक रद्दीवाले को ज़्यादा मुँह नहीं लगाना चाहिए। उसे धरती पर उतारना जरूरी था। वह उसे ध्यान से देखने लगी। गाल पर खरोंचों के निशान पर शक भरी निगाहें टिकाकर राधिका ने भौंहें चढ़ा लीं। वह सकपकाया और राधिका के बिना पूछे प्रश्न को झट समझ गया, फिर गाल पर हाथ फ़ेरता हुआ बोला—

''आंटी मेरी शादी हो गई है, मेरी वाइफ़ के नाखून तीखे हैं ना इसलिए। हम खेल रहे थे।''

''शादी? खेल रहे थे कि लड़ रहे थे?''

''न, न, सचमुच खेल रहे थे।''

''या फिर चोरी-चकारी, पुलिस-वुलिस के चक्कर में तो नहीं हुआ यह सब? चोरी के इल्ज़ाम में कल ही एक रद्दीवाले को पुलिस पकड़ कर ले गई।''

''न, न, ऐसी-वैसी कोई बात नहीं।'' उसके चेहरे की थोड़ी रंगत उड़ गई। वह फिर रद्दी तौलने लगा।

''पाँच किलो, छह किलो, सात, आठ किलो। नौ किलो में थोड़ी कम है। कुछ अंग्रेज़ी की मैग्ज़ीन-वैग्ज़ीन नहीं हैं क्या? होती तो पूरी नौ किलो हो जाती।''

राधिका अन्दर से कुछ पुरानी मैग्ज़ीन न जाने क्यूँ उस रद्दीवाले का दिल खुश करने के लिये ले आई।

''अंग्रेज़ी की मैग्ज़ीन पढ़ेगा? पढ़ेगा या देखेगा? ये ले। अब तो बस, पूरी हो गयी नौ किलो?''

''अभी भी थोड़ी कम है,'' वह बोला।

''तराजू तो सही नहीं है, किलो का वज़न कर नहीं सकता और ग्राम का हिसाब करता है। हो गया नौ किलो चल,'' राधिका झल्लाई।

''कुछ प्लास्टिक-व्लास्टिक, लोहा-लंगड़ है क्या?'' उसने पूछा।

''उधर कोने में बोरे में, जा ले ले।''

खुश होता हुआ वह गार्डन के कोने में रखे बोरे की तरफ़ गया, उसे उल्टा किया। सामान टटोलने लगा। शैम्पू की बॉटल थोड़ी भरी लगी। ढक्कन खोलकर उल्टा किया तो अन्दर से पानी निकला।

''वाह री किस्मत कोरी रद्दी,'' कहकर उसने बोतल नीचे फेंक दी। साबुन के कुछ टुकड़े थे, उन्हें हाथ में उठाया, सूँघा फिर इधर-उधर देखकर जेब में रख लिया। राधिका थोड़ी दूर बैठी उसे देख, सुन रही थी। जब से उसने इस रद्दीवाले से भाव-तौल शुरू किया था, तब से ग्राम-ग्राम कर उसका दिल न जाने क्यों पिघलता जा रहा था। नौ किलो रद्दी तुलते-तुलते उसने महसूस

किया कि उसका हृदय किलो के हिसाब से पिघलने लगा है। इंसाफ़ की देवी का तराज़ू बार-बार उसके हाथ में आ जाता और वह उसे तौलने लगती और पाती कि लड़के का पलड़ा इतना भारी है कि टूटकर गिर रहा है और वह चाह कर भी उसे जोड़ नहीं पा रही है। पर वह उस लड़के को इस बात का एहसास नहीं होने देना चाहती थी। कभी लगता एक पलड़े में वह खुद है और दूसरे में यह रद्दीवाला। जब सारा सामान बोरे में भर बाहर जाकर अपने ठेले में रखकर वह अन्दर आया, तो राधिका ने पूछा—

''बोल कितने पैसे हुए?''

''आप हिसाब कर बताओ।''

''साढ़े सात के हिसाब से नौ किलो के हुए 70 रुपये।''

''इससे कम होंगे।''

''दो-तीन रुपये में क्या फ़र्क पड़ता है।''

''ठीक है दो-तीन रुपये बाकी प्लास्टिक के सामान के।''

''अरे, इतने सामान के दो-तीन रुपये? बड़ा होशियार है। चल सामान वापस लाकर रख दे।''

''आंटी थोड़ा हमें भी कमा लेने दो।''

''कमा लेने दूँ या भीख दूँ? ऐसा था तो पहले बोलता। तू तो धंधा करने निकला है ना, कोई भीख माँगने तो नहीं? इसलिए हिसाब तो करना ही पड़ेगा ना? इस हाथ लो उस हाथ दो।''

''नहीं, नहीं आंटी हम भीख नहीं माँगते, ईमानदारी और मेहनत से धंधा करते हैं। हिसाब तो करना ही पड़ता है पर...वो तो बात ये है कि दो रुपये एक किलो पर कमाऊँगा। मुश्किल से दिन भर के 30-40 रुपये। शादी तो माँ ने करवा दी पर छोरी रोज़-रोज़ परेशान करे, कहे कि बाप का घर छोड़ तेरे पास आई हूँ, तो कुछ तो ऐसा करूँ, खाऊँ, पिऊँ, अच्छे कपड़े पहनूँ, रोज़ कुल्फ़ी, गोला खाने की ज़िद करे है। पाँच-दस रुपये रोज़ हाथ खर्ची देनी पड़े उसे, नहीं तो घर छोड़कर जाने की धमकी दे है। शादी को पूरा एक महीना भी नहीं बीता, अभ्भी से उसे कैसे जाने दूँ?'' उसने सत्तर रुपये निकाले और राधिका के हाथ पर रख दिये।

राधिका को समझ नहीं आ रहा था कि वह अन्दर से जितना पिघल रही थी, बाहर से उतनी ही सख्त क्यों होती जा रही थी। मैं उससे इतना कड़वा क्यों बोल रही हूँ? क्या इसलिए कि तराजू के पलड़ों में मैं अपने आपको बहुत हल्का और उसको बहुत भारी पा रही हूँ? उसे लगा शायद इसी एहसास की वजह से वह उसे बार-बार तौल रही है। बेचारा जब से आया है, उसे चोर, उचक्का, बेईमान साबित करने पर तुली है और वो है कि अपने आपको ईमानदार साबित करने के लिये इम्तिहान पर इम्तिहान दिये जा रहा है। सत्तर रुपये मेरे लिये क्या हैं? एक बच्चे की चॉकलेट और इसके लिये दो दिन की कमाई। अचानक राधिका को लगा, फिर उसके हाथ में तराजू आ गया। उसने सोचा कि क्यों ना मैं इस बार तराजू में बराबर तौल दूँ। दोनों पलड़े बराबर कर दूँ। अचानक उसे क्या सूझा कि सत्तर रुपये रद्दीवाले को देती हुई वह बोली—

"ले ये सत्तर रुपये भी तू ही रख ले और खुश हो जा।"

लड़के की आँखें खुली की खुली रह गईं। उसे भरोसा नहीं हुआ कि यह औरत जो पाई-पाई का हिसाब कर रही थी, अचानक उसे सारी रद्दी फ्री में दे रही है और सत्तर रुपये भी लौटा रही है।

"ले ले, भीख नहीं है।" राधिका की आँखों में चमक थी, बात में नर्मी और होंठों पर मुस्कुराहट। इंसाफ़ की देवी की बराबरी करने की खुशी। तराजू के पलड़ों को बराबर करने की खुशी।

"भीख नहीं है? तो फिर...मतलब क्या? वही करना है।" राधिका की आँखों में चमक देखकर वह पैसे जेब में रखता हुआ बोला—

"आंटी बुरा न मानो तो एक बात कहूँ। आगे के बँगलेवाली आंटी तो सौ, डेढ़ सौ से कम नहीं देती।"

"क्या मतलब?" राधिका चौंक गई।

"आप मुझे बेडरूम में नहीं बुलायेंगी क्या?" उसने पूछा।

"क्या कहा? किसलिए?" राधिका गुस्से में बोली।

"हिसाब पूरा करने के लिए। नाराज़ मत होइये आंटी। मैं तो सत्तर रुपये में भी तैयार हूँ। अपना क्या मोल अपन तो रद्दी के भाव बिकते हैं।"

"बदतमीज़ कहीं के, तेरी औकात नहीं बदलेगी।"

''अरे। आप ही सोचिए सत्तर रुपये की भीख कोई देता है क्या? दिनभर धूप में शहर के चक्कर काटता हूँ तो 30-40 रुपये कमाता हूँ। बिना मेहनत किये, सत्तर रुपये कमा सकता हूँ क्या? फिर आप ही कह रही हैं कि भीख नहीं है तो इसके लिये मेहनत तो आप करवायेंगी ही ना? सभी हिसाब पूरा करवाते हैं। एक हाथ से देते हैं, दूसरे हाथ से लेते हैं।''

''तू ये धंधा करता है क्या? मैं तो तुझे ईमानदार रद्दीवाला समझ रही थी। रद्दी बेचता है या खुद को बेचता है?'' राधिका गुस्से से चिल्लाई।

''हूँ तो रद्दीवाला ही, पर रद्दी बेचते-बेचते कब मैं खुद रद्दी की तरह खरीदा-बेचा जाने लगा, मुझे भी पता ही नहीं चला। क्या करूँ सिरफ रद्दी बेचने से पेट का, ज़िन्दगी का हिसाब-किताब सही नहीं बैठता। मदद कोई कर सकता नहीं। जहाँ जाता हूँ हर इंसान चोर, उचक्का समझकर रद्दी की तरह घर से बाहर फेंकना चाहता है। कुछ लोग सस्ते दामों में खरीद कर रद्दी की तरह इस्तेमाल कर फिर फेंक देते हैं। छह साल की उम्र से बापू के साथ रद्दी बेचते-बेचते मैं भी तो रद्दी ही हो गया हूँ। न पढ़ा, न लिखा। सचमुच क्या मोल है मेरी ज़िन्दगी का? सस्ती रद्दी। रद्दी के भाव ही दुनिया में आया। छह भाई-बहिनों के साथ और रद्दी की तरह ही इस दुनिया से जाऊँगा। लकड़ी-घी के पैसे तो नहीं, मरूँगा तो शायद अखबारों से ही जलाया जाऊँगा,'' वह बोला।

''तेरा भाषण नहीं सुनना मुझे। मैं तो तुझे अपने बेटे की तरह समझ रही थी, और तू है कि...''

''आंटी धंधे में माँ-बेटे की बात कहाँ होती है? धंधे में कौन-सी रिस्तेदारी? धंधे में तो बस रोकड़ का लेन-देन होता है और काम होता है। काम करो, पैसा लो। दूसरे लोग तो इतना नहीं सोचते, आप क्यों?''

''तू अब रवाना हो यहाँ से। क्या हमदर्दी करें तुम जैसे लोगों से? तुम्हारी औकात कभी नहीं बदलती,'' राधिका कड़कते हुए बोली।

''कैसे बदलेगी औकात आंटी?''

''चुप कर आंटी मत कह मुझे?''

''सच, रद्दी से बढ़कर कोई औकात नहीं है मेरी। जब मैं बापू से पूछता था कि रद्दी क्या काम आती है? तो वो कहता था कि रीसाइकिल होती है,

पर रद्दी से फिर रद्दी-कागज़ ही बनता है। रद्दी से सिर्फ़ रद्दी। रीसाइकिल होने के बाद भी वही औकात—रद्दी। मेरे बापू ने रद्दी का धंधा किया, रद्दी के मोल बच्चे पैदा किये, तो मैं भी और क्या कर सकता हूँ? रद्दी के भाव बच्चे पैदा करूँगा, जो इस खानदानी ठेले में रद्दी बेचेंगे और जब रंगीन सपने देखेंगे तो रद्दी के भाव बिकेंगे भी। सचमुच क्या औकात है मेरी? रद्दी साली।''

''तू अब निकल बाहर यहाँ से। सुना नहीं? या फिर बुलाऊँ किसी को?'' राधिका गरजी।

''ये लो अपने सत्तर रुपये। मैंने आज तक किसी से भीख नहीं माँगी। मैं मेहनत और ईमानदारी से धंधा करता हूँ।'' इतना कहकर रद्दीवाले लड़के ने सत्तर रुपये ज़मीन पर रख दिये और मुड़कर राधिका के घर के फाटक से बाहर हो लिया। अपनी पहली-सी अल्हड़ चाल से उसने ठेला धकेला और उसी रौ में टेर लगाई, ''रद्दी-ई-ई-ई वाले-ए-ए-ए, रअअद्दीईईई वाले।''

नेहर की यादें

नेहर की यादों की चिता ने महक को झकझोर कर उठा दिया। कैसा भयावह सपना देखा। यह बात तो सपने में भी सच नहीं हो सकती। 'कोई भी स्त्री दुनिया की इस उम्मीद पर खरी नहीं उतर सकती। दुनिया की चाहे सारी सुख-सुविधाएँ ही क्यों न मिल जायें, पर स्त्री यह नहीं छोड़ सकती। मैं भी किस असम्भव काम को अंजाम देने जा रही थी,' उसने सोचा।

~

आज तो सासू माँ ने महक को टोक ही दिया—तुम क्या रात-दिन नेहर को याद कर दुखी होती रहती हो। तुम्हारी माँ की बरसी क्या आने वाली है कि तुम इतने दिन पहले से ही उदास होने लगी हो। जब भी तुम्हारे मम्मी या पापा की बरसी पास आ रही होती है, तुम बस चेहरा उतारकर मायूस घूमती रहती हो, इधर-उधर। और जब से तुम्हारे नेहर का पुश्तैनी मकान बिका है, तब से तो तुम बहुत ही परेशान हो। हम तो परेशान हो गये हैं तुमसे। जब से शादी हुई है, तुम्हें रोज़ अपने घरवालों से मिलने जाना होता था। घर का काम-काज भूल कर तुम घण्टों उनसे फ़ोन पर बातें करती रहती थीं। उनके हर छोटे-मोटे दुख-सुख में तुम्हें वहाँ दौड़ना होता था। आज दस साल बाद भी वही हाल है। इतने साल हो गये हैं तुम्हारी शादी को और तुम्हारे माता-पिता को गुज़रे हुए और अब नेहर में बचा ही क्या है? भाई विदेश चला गया मकान बेचकर। अपने आपको थोड़ा बदलो वक्त के साथ। नेहर किसका नहीं छूटता? पर तुम तो कुछ ज्यादा ही भावुक हो।

यह सुनते ही महक की आँखों से टपाटप आँसू गिरने लगे। सासू माँ आगे बोली—अब रो मत। क्या कहें तुमसे? क्या कमी है तुम्हें इस घर में? वैसे भी तुम खुद अपने पैरों पर खड़ी हो। पैसा, नाम सब कुछ है तुम्हारे पास। पति की ओर से भी किसी चीज़ की कमी नहीं है, दो प्यारे-प्यारे बच्चे, आज़ाद, आत्मनिर्भर ज़िन्दगी। अब और क्या चाहिए तुम्हें? हम दोनों भी कोशिश करते हैं कि तुम्हें तुम्हारे मम्मी-पापा की कमी कभी महसूस न हो, अगर हमसे कोई कमी रह गई हो तो बताओ।

''कोई कमी नहीं है मम्मी जी! पर पता नहीं ये नेहर की यादें कभी पीछा नहीं छोड़तीं। बहुत कोशिश करती हूँ कि सब कुछ भूल जाऊँ, फिर भी हर छोटी बात याद आती है, उठते-बैठते, सोते-जागते,'' महक ने कहा।

''चलो आओ बैठो मेरे पास। आज मुझे भी सब बताओ। बताओ तुम्हें क्या दुख है? यहाँ तुम्हें कोई दुख नहीं है, नेहर में तो अब तुम्हारे कोई है नहीं, जो तुम्हें दुखी करेगा। फिर किस बात का इतना बोझ लिये घूमती हो?''

''क्या आप मेरे दुखों को बाँटने के लिये कुछ समय निकाल सकती हैं।''

''हाँ ज़रूर। बताओ अपने दिल की बात।''

''कैसे समझाऊँ कि मुझे क्या दुख है, मुझे वह सब चाहिए जो पीछे छूट गया है। आज अच्छा है, पर जो कल था वह भी कम अच्छा नहीं था। बस उसी को खो देने का गम है। आज जो कुछ है वह आँखों के सामने है। पर कल जो था वह आँखों से ओझल है। जिस बीते हुए कल को खोया है, वह अपना स्थान खाली छोड़ गया है और उस स्थान पर सिर्फ़ यादें हैं। आँखों के सामने अब खाली है, सूना है। हँसी-खुशी से बिताये हुए पुराने दिनों की यादें भी, सिर्फ़ आँसुओं के साथ ही क्यों आती हैं? पुरानी खुशियाँ, वो बचपन के सलोने रुपहले दिनों की यादें भी खुशी देकर क्यों नहीं जातीं? नेहर के सुख या दुख भरे दिन सभी की यादें सिर्फ़ दुखी ही क्यों करती हैं? दिल में चुभती क्यों हैं? वजह—शायद मेरे सामने पेंटिंग तो है, पर पीछे का कैनवस नहीं है। सब कुछ हवा में लहरा रहा है, कुछ ठोस नहीं है। उनको पकड़ना चाहूँ, छूना चाहूँ तो छू नहीं सकती। कुछ ठोस की तलाश है। जो खो गया उसे फिर से पाने की चाहत है, एक बेबसी है, जो बार-बार रुला जाती है।

‘‘कहते हैं कि दुख बाँटने से हल्का हो जाता है। तुम आज उन सब यादों के बारे में मुझे बताओ जो तुम्हें इतना दुखी कर जाती हैं,’’ सासू माँ ने नरम होते हुए कहा।

‘‘मम्मी जी, आप सच कहती हैं कि नेहर में अब कुछ बचा नहीं है, न माँ, न बाप। भाई विदेश चला गया, पुश्तैनी मकान बिक गया है। मेरे बीते हुए कल की कोई निशानी बाकी नहीं रही। बस उन सब निशानियों की यादें हैं, जो पीछा करती रहती हैं ये ही निशानियाँ हैं, जो याद आती हैं। मुझे अपने उस पुश्तैनी घर की दीवारें याद आती हैं, जो बिक गया। वो दीवारें बड़ा मज़बूत और ठोस सहारा थीं, जो पुरानी यादों को ज़िन्दा कर देती थीं। मैं उस घर की दीवारों को छूती तो दिल को बड़ी राहत महसूस होती। एक ठोस रिश्ता कायम होता, उन सबके साथ, जिन्हें मैं खो चुकी हूँ मेरे माता और पिता। लगता कि ये सब उनकी छुई हुई चीज़ें हैं और मैं उनके हाथों पर हाथ रख रही हूँ। आज वो मकान नहीं है तो लगता है कि उन दीवारों को छूकर जो कड़ी, जो जुड़ाव होता था अतीत से, माता-पिता से जो संबंध था वो अब टूट-सा गया है। वो सिर्फ़ मकान ही नहीं था, वह घर था मेरा, जो आज नहीं रहा, महक भारी मन से बोली।

‘‘मानती हूँ, पर यह भी तो तुम्हारा अपना घर ही है। मकान नहीं और मैं तुम्हारी माँ तो नहीं, पर उन जैसी ही हूँ,’’ सासू माँ ने महक का हाथ पकड़ कर कहा।‘‘तुम्हारी माँ भी कभी इसी तरह बैठा करती थी सोफ़े पर तुम्हारे पास?’’

‘‘हाँ। मुझे अपनी माँ के साथ उस पुराने सोफ़े पर घण्टों बैठकर बतियाना याद आता है। उस घर के लोगों की ही नहीं, उस घर के हर छोटे से बड़े सामान की भी याद आती है, उससे एक लगाव है मेरा। वही सोफ़ा था, जहाँ मैं रूठकर बैठ जाती या रोती रहती, फिर माँ का मनाना याद आता है। मैं और मेरी सहेलियाँ वहाँ घण्टों बैठकर गप्पें और ठहाके लगातीं या कुछ सीक्रेट बातें करतीं। मुझे याद है कि पापा कोई मनोरंजक किस्सा सुनाते और हम बड़े ध्यान से उन्हें सुनते। मुझे आज भी याद है कि किसने किस जगह बैठकर क्या बात कही थी। कैसे वहाँ बैठकर हम मुसीबतों का मिलकर हल निकालते और खुशियाँ बाँटते थे। वो भाई की शादी की बात तय होने की

खुशियाँ, वो पिताजी के एक्सीडेन्ट की खबर, वो माँ को कैंसर होने की खबर, कैसे हमने बाँटी और सही।

''भाई की शादी के बाद जब घर में नया सोफ़ा आ गया तो कुछ दिन उस सोफ़े को घर के पिछवाड़े डाला गया, फिर वह सर्दी-गर्मी और बारिश सह न पाया और टूट गया, तो उसे कबाड़ी को दे दिया गया। पर मेरी यादें तो आज भी ताज़ा हैं उस सोफ़े के खत्म होने के साथ यादें खत्म नहीं हुईं। सर्दी-गर्मी और बारिश के थपेड़ों के साथ इन यादों का कुछ नहीं बिगड़ा। हर मौसम में मुझे नेहर की याद आती है। वो बारिश में बरामदे में रखी बड़ी-बड़ी कुर्सियों पर बैठकर पहली बारिश की बूँदों को घास पर गिरते हुए देखना, माँ के हाथ के बने हुए गुलगुले खाना, आज तो गुड़ क्या होता है और गुलगुले क्या होते हैं, बच्चे जानते तक नहीं। पिछली बार बनाए थे तो कह रहे थे—ये क्या हैं काले-काले? क्या ये कोयले हैं? उन्होंने तो कभी कोयले ही नहीं देखे। आप और पापाजी डायबिटीज़ की वजह से मीठा नहीं खाते और इन्हें समय नहीं है। अब किसके साथ उन यादों को ताज़ा करूँ? न कोई सुनने वाला है, न सुनाने वाला। इस भाग-दौड़ भरी ज़िन्दगी में आदमी खुद अन्दर से जलकर कोयला-कोयला हो जाता है और किसी को दिखाई ही नहीं देता।''

''चलो मैं सुनती हूँ, दस साल बाद ही सही, आज तुमसे बात करने का मौका तो मिला। और बताओ अपनी माँ के बारे में कुछ।''

''माँ को हरे बेर बहुत पसन्द थे और हम बच्चों को लाल बेर। गुठलियाँ इकट्ठी कर मिट्टी में बोते कि घर में ही बेर की झाड़ियाँ उग जायेंगी तो कितना मज़ा आयेगा। पर बेर के इतने सख्त बीज कभी उगे ही नहीं। माँ की किस्मत तो और भी सख्त थी, उनके हरे बेर के बीज तो मिट्टी में डालते ही सड़ जाते थे। माँ कहती—हरे बेर का तो पेड़ होता है। जाने कितने साल लगेंगे इसे फलने-फूलने में? क्यों जतन करते हो मेरे लिये? मैं क्या इतने साल जिऊँगी? मेरे लिये मिट्टी में यह जगह खराब मत करो, तू अपनी पसन्द के लाल बेर के बीज बो और वैसे भी मेरे बीज तो तुम हो। माँ का कहना सच हुआ। हरे बेर के पेड़ तो क्या, कैंसर ने उन्हें अपने बोये हुए बीजों के पौधों को पनपते हुए नहीं देखने दिया।

‘‘सर्दियों में धूप में बैठकर छत पर खाना खाना याद आता है। आज सर्दियों में धूप में दो घड़ी बैठने की फुर्सत नहीं है। सर्दियों में पिताजी के हाथ की बनी हरे चने की खिचड़ी का स्वाद ज़बान से नहीं जाता। मुझे वो गर्मियों की शाम को छत पर जाकर पतंग उड़ाना बहुत याद आता है। पुराने घर में दो छतें थीं, एक पर मैं पतंग उड़ाती, दूसरे पर भाई। कभी जब उसके पेच लम्बे चले जाते तो जाकर उसकी चरखी भी पकड़ती। वो बाल्टी में आम भरकर उसके आस-पास बैठकर केरियाँ चूसना बहुत याद आता है। अब तो फ्रिज के आम काटकर ही खाते हैं। फिर भी उनसे पहले जैसी न संतुष्टि होती है, न ठण्डक। गर्मियों में माँ और मैं दुपट्टे गीले कर, ओढ़कर टेबल फ़ैन के सामने कतार में लेटते थे। कूलर, ए.सी. तो थे नहीं। भाई से टेबल फ़ैन के सामने सबसे आगे सोने के लिए जमकर लड़ाई होती थी,’’ महक बोली।

‘‘फिर कौन जीतता?’’ सासू माँ ने उत्सुकता से पूछा।

‘‘हार-जीत तो होती भी कैसे? क्योंकि हम दोनों तो हैं बराबर। कहावत है कि इस दुनिया में सब अकेले आते हैं, पर हम तो जुड़वाँ हैं, साथ-साथ आये हैं, तो बराबरी की टक्कर है। आपको तो पता है दोनों की शादी भी एक दिन के अन्तर में ही हुई। इधर भाभी आई और दूसरे दिन उस घर से मेरी विदाई। माँ की अन्तिम विदाई तो घर से कई साल पहले ही हो गई थी। पिताजी की अन्तिम विदाई के बाद जैसे-जैसे समय बीतता गया, घर की सभी पुरानी चीज़ों की भी विदाई होने लगी। वो पुराने ताँबे-पीतल के बर्तन, जो कभी माँ को अपने दहेज़ में मिले थे, वो दादाजी का गंगाजली लोटा, जिसे पिताजी ने बहुत सँभालकर रखा था, जिसे मैंने गुलदस्ता बनाकर ड्रॉइंग रूम में सजा दिया था, वह पुरानी अलार्म घड़ी, जिससे पिताजी सुबह उठते थे, मुझे तो हर चीज़ याद आती है। ये छोटी-छोटी यादें हैं, जिन्हें सिर्फ़ मैं संजोकर रख सकती हूँ, जो सिर्फ़ मेरी हैं, इसमें किसी और को क्या दिलचस्पी हो सकती है? वह सब क्या खत्म हुआ, लगता है जैसे मेरी जड़ें खत्म हो गई हैं।’’

‘‘बेटी मैं थोड़ा थक गई हूँ। अब जाकर ज़रा आराम कर लूँ। तुमने वह कविता पढ़ी है, जिसमें कवि कहता है कि जाके कह दो कान्हा से कि न वे गायें रहेंगी, न गोपियाँ, न ब्रज, कुछ न रह जायेगा बाकी, नेह को निभाये

नेह की भाँति। हमने इसीलिए तो शादी के बाद तुम्हारा नाम नेहा से बदलकर महक रख दिया, ताकि तुम नेहर को भुलाकर इस घर को महकाओ। अब जाकर तुम भी थोड़ा आराम कर लो।''

महक अपने कमरे में जाकर सोचने लगी कि नेहा से महक बनने की जद्दोजहद में कहीं ऐसा न हो कि मैं नेहा भी न रहूँ। सब दुखी हैं मुझसे इस घर में। जब मेरे अतीत की सभी निशानियाँ खत्म हो गयी हैं, एक-एक करके कबाड़ में बिक गयी हैं, तो क्यों न इन यादों को भी बेच ही दिया जाये? ये दुख देती यादें, क्यों न इनसे भी छुटकारा पाया जाये?

एक दुकान पर बोर्ड लगाती हूँ, 'नेहर की यादों की नीलामी—सस्ते दामों पर।' एक पर एक फ्री। है कोई कद्रदान जो समझे इनकी कीमत और खरीदे इन्हें, पर कौन खरीदेगा इन्हें! जो चीज़ें दुख देती हैं, उन्हें कौन खरीदकर पालेगा? लोग अपने सुख के लिये वस्तुएँ खरीदते हैं। औरतें इन्हें नहीं खरीदेंगी, क्योंकि इनमें उनके लिये नया कुछ नहीं है। हर औरत का नेहर होता है और शादी के बाद उसे सब कुछ छोड़कर जाना होता है और वह भी खुशी-खुशी। मर्द इन्हें खरीदेंगे नहीं, क्योंकि नेहर क्या होता है, उन्हें नहीं पता। उनका तो सिर्फ़ ससुराल होता है, जहाँ उनकी खूब खातिर होती है। फिर क्या किया जाये इन यादों का? औरतों के मन में धधकती इन यादों को दफ़नाने के लिये न कोई कब्रिस्तान है, न जलाने के लिए कोई शमशान। उल्टा ये ही ज़िन्दगी भर स्त्रियों को मुर्दा बनाये रखती हैं, जलाती रहती हैं। ससुराल के घर-आँगन की मिट्टी में इन्हें दफ़नाया नहीं जा सकता, क्योंकि वहाँ बहू के किसी पुराने सामान, यादों या ऐसे फ़ालतू अटालों के लिये कोई स्थान नहीं होता। लड़की नेहर से सब नया सामान लाती है, नेहर की यादों का दहेज़ किसी को दिखाई नहीं देता। दहेज़ का नया सामान तो घर में करीने से सजा दिया जाता है, पर यादों को नई दुल्हन को छिपाकर रखना होता है। शादी के बाद माँ-बाप, भाई-बहिन, दोस्तों-रिश्तेदारों से ज़्यादा मिलना-जुलना, ज़्यादा बात करना उन्हें याद करना, नये घर में एडजस्ट होने में रुकावट माना जाता है।

क्या ऐसा कोई रबर या इरेजर नहीं, जिससे माँ-बाप विदाई से पहले अपनी बेटी के दिमाग से उसके नेहर की सभी यादों को, लगाव को मिटा

दें। ससुरालवालों ने भी ऐसा कोई इरेज़र इजाद नहीं किया, जिससे नई बहू की यादों को मिटा दिया जाये, पर ससुरालवाले तो इसे बहू की स्वयं की ज़िम्मेदारी समझते हैं कि यह काम वह खुद ही शादी होते ही कर ले। नेहर की अपनी सारी यादें अपने दिमाग के यादों के बैंक से निकालकर फेंक दे।

अरे यह क्या इतनी सारी औरतें—जवान, बूढ़ी, सभी उम्र की, मेरी इस दुकान की ओर आ रही हैं। वाह, मेरी तो किस्मत ही खुल गयी।

''आइये बहन जी, मैडम आपको कौन-सी उम्र वाली यादें चाहिए? बचपन की, अल्हड़ उम्र की या फिर वो जवानी वाली?''

''नहीं, आप गलत समझ रही हैं, हम तो खुद अपनी पुरानी यादें तुम्हें देने आयी हैं, और वो भी फ्री। आप हम सबकी नेहर की यादें भी ले लीजिए और चाहे जिसे जितने दाम में दे दीजिए। आपकी दुकान में बहुत वैरायटी हो जायेगी। तरह-तरह की नेहर की यादें हैं—असीम खुशी, अनन्त दुख, अमीरी-ग़रीबी, दोस्ती-दुश्मनी, प्यार और धोखे की यादें। हम सब अब शादीशुदा हैं और अपने ससुरालवालों को खुश रखना चाहती हैं।

''अरे हम तो नानी-दादी बन गईं, फिर भी दौड़कर नेहर जाने का मन होता है। नाती-पोतियाँ सब हँसते हैं, परेशान हैं हमसे। ले लो हमसे ये यादें।'' कुछ बूढ़ी स्त्रियाँ बोलीं। कुछ स्त्रियाँ बोलीं—मैं अपने बूढ़े, बीमार, अपाहिज़ माता-पिता को अपने पास रख उनकी सेवा करना चाहती हूँ। उनका इलाज कराना चाहती हूँ, पर कर नहीं सकती, न उन्हें अपने पास बुला सकती हूँ, न वहाँ जा सकती हूँ। मैं उन्हें भूलना चाहती हूँ। कोई बोली—मैं अपने गरीब भाई-बहनों को पढ़ाना चाहती हूँ। किसी ने कहा—मैं माँ-बाप को कुछ पैसे देकर अपनी छोटी बहन की शादी करना चाहती हूँ। एक ने कहा—मैं अपने अनाथ भाई को पढ़ाना चाहती हूँ। दूसरी बोली—मैं तो कमाती हूँ फिर भी अपने नेहरवालों पर खर्च नहीं कर सकती हूँ, क्योंकि अब हम शादीशुदा हैं, नेहर के दुखों को दूर करने में हम कोई मदद नहीं कर सकतीं और दुखी रहती हैं। इससे तो अच्छा है कि हम उन सबको भूल जायें, उनकी यादों से छुटकारा पा जायें। माँ-बाप ने हमें कैसे पाला-पोसा, किन मुसीबतों में बड़ा किया, कैसी मुश्किलों में पढ़ाया-लिखाया, शादी की, भाई-बहनों के साथ

बिताये हुए पल, सब भूलना चाहती हैं हम।

''सॉरी बहनों, मैं तो खुद भी जीना चाहती हूँ, इसीलिए अपनी यादों से, नेहर के लगाव से छुटकारा चाहिए मुझे। चलो हम सब मिलकर कुछ हल निकालते हैं।''

''चलो मिलकर इन यादों को किसी कुएँ में डाल देते हैं,'' एक स्त्री बोली।

''चलो मिलकर इस लगाव की, इन यादों की होली जला देते हैं,'' किसी ने कहा।

''मेरे पास माचिस है, पेट्रोल है। आज़ादी पाने के लिये जैसे लोगों ने विदेशी कपड़ों की होली जलायी थी, हम भी स्वदेशी नेहर की यादों को जलाकर इनसे मुक्ति पा लेते हैं। इन दुखदायी नेहर की यादों को अपने दिमाग से निकालकर जला डालते हैं बीच चौराहे पर, ताकि आज के बाद हर लड़की को, शादी के बाद कैसे खुश रहा जाता है, इसकी शिक्षा मिल जाये।''

''चलो डालो अपनी-अपनी यादें निकालकर चौराहे पर।''

''चलिये आप से शुरू करते हैं। डालिये बहन जी।''

''अब डालिये भी, आप सभी, इतनी देर क्यों कर रही हैं? जल्दी कीजिए।''

''क्या करें, ये यादें तो बाहर निकल ही नहीं रही हैं। ये तो दिलोदिमाग पर बहुत मज़बूती से चिपकी हुई हैं।''

''अरे कोशिश कीजिए, निकल जायेंगी।''

''क्या करें नहीं निकलतीं, बहुत मुश्किल हो रही है, इन्हें अपने आप से अलग करने में।''

''और ज़ोर से खींचिए अपनी पूरी ताकत लगाइये।''

''नहीं निकलतीं, बहुत कोशिश कर ली।''

''क्या बात है? जिस चीज़ से तुम सब छुटकारा पाना चाहती हो वह पूरी कोशिश के बाद भी क्यों नहीं निकलती?''

''ऐसा लगता है कि अगर ये यादें बाहर आयीं तो इनके साथ हमारा दिल और दिमाग भी बाहर आ जायेगा और ज़िन्दगी खत्म हो जायेगी। इन यादों ने

तो दिलोदिमाग और शरीर तीनों पर कब्ज़ा कर रखा है।''

''सॉरी मैडम। हम इन यादों को अपने से अलग नहीं कर सकते, कोशिश करके भी नहीं। लगता है कि ये तो अब हमारी मौत के साथ ही खत्म होंगी।''

''चलो छोड़ो ज्यादा भावुक होने की ज़रूरत नहीं है। मैं अभी खींचकर जुदा करती हूँ तुम्हें तुम्हारी यादों से,'' यह कहकर महक सामने वाली औरत पर झपटी। सामने वाली स्त्री उसे धक्का देकर अपने से दूर कर बोली—

''खबरदार मेरे नेहर की यादों को न छेड़ना। अगर तूने इन्हें मुझसे जुदा करने की कोशिश की तो मैं तो मरूँगी ही, तुझे भी ज़िन्दा नहीं छोड़ूँगी, तुझसे भी तेरी यादें छीन लूँगी।''

महक को लगा किसी ने उसे तेज़ी से धक्का दिया और वह चौंक कर उठी। न जाने कब उसकी आँख लग गयी थी।

सबक

"**जा**ओ बेटे नन्हू ये पहली रोटी गेट के बाहर गाय को दे आओ और गाय नहीं दिखे तो कुत्ते को डाल देना।'' किचन में रोटियाँ सेंकते हुए पहली रोटी नन्हू को देते हुए मम्मी ने कहा, ''ये आजकल के अंग्रेज़ी स्कूल मोरल साइंस की किताबें तो कोर्स में रख देते हैं, पर सिखाते कुछ नहीं।'' आज से पहले मम्मी जानवरों को रोटी खुद ही डालती थीं। 'नन्हू आठ साल का हो गया है, उसे भी अब परोपकार, दया और दान करना सीखना चाहिए,' यह सोचकर मम्मी ने पहली बार नन्हू को जानवरों को रोटी डालने भेजा।

''मम्मी देखो, गेट पर गरीब गन्दा बच्चा भी खड़ा है और कितनी ज़ोर-ज़ोर से 'माई रोटी दे दे' की रट लगा रहा है,'' आठ साल का नन्हू गेट पर खड़े पाँच साल के भिखारी बच्चे को देखकर बोला।

''भगाओ उसे जल्दी से और ध्यान रखना रोटी उसे नहीं कुत्ते को ही डालना,'' किचन की खिड़की से गेट की ओर झाँकते हुए मम्मी ने बच्चे को हिदायत दी।

''क्यों मम्मी? मम्मी हमारी मैडम ने एक कविता सुनाई थी, जिसमें लिखा था कि गरीब बच्चे सिर्फ़ कॉपियों में रोटियाँ बनाते हैं और रोटी उनके लिये चाँद की तरह होती है, जिसे वे छू भी नहीं सकते। मम्मी प्लीज़! इस बच्चे को रोटी दे दो, यह तो शायद स्कूल भी नहीं जाता होगा, जो कॉपी में रोटी बनाकर भूख मिटा सके।''

''तुझे पता नहीं है बेटा, इन्हें एक बार रोटी दे दो तो ये रोज़ गेट पर आकर कुत्ते की तरह भौंकते हैं।''

''पर मम्मी कुत्ता भी तो रोज़ इस समय गेट पर आकर बैठ जाता है।

उसे पता है कि अब रोटी मिलेगी।''

''कुत्ता चुपचाप बैठा रहता है, रोटी के लिये चिल्लाता नहीं, अपना अधिकार नहीं जताता। रोटी दो तो ठीक, नहीं दो तो भी ठीक। दो-चार घण्टे बैठकर चला जाता है और ये, ये तो कुत्ते की तरह पिण्डली पकड़ लेते हैं, छोड़ते ही नहीं। 'ऐ माई रोटी दे, ऐ माई रोटी दे,' की रट लगा देते हैं और सिरदर्द कर देते हैं। एक बार रोटी क्या दे दो कि अपना अधिकार समझते हैं। उसके बाद कितना ही दुत्कार दो, जाते ही नहीं। रोज़-रोज़ इनके राग से सिरदर्द करवाने से तो अच्छा है किसी जानवर को रोटी डाल दो और तो और इन्हें अगर रोटी दे दो तो ये मौका देखकर घर में घुस आते हैं और चोरी-चकारी कर लेते हैं। तुझे पता है, आस-पास के सभी घरों के गार्डन में लगी हुई नल की पीतल की टोंटियाँ गायब हैं। मौका लगा नहीं कि ये अन्दर कूद आते हैं और टोंटियाँ चुराकर ले जाते हैं। मुझे तो लगता है कि पिछले दिनों जो मेरे ज़ेवरों की चोरी हुई थी, उसमें इसी के माँ-बाप का हाथ था। कुत्ता तो बेचारा रोटी खाकर चोरों से हमारे घर की रखवाली करता है और ये हैं कि चोर बनकर खुद ही लूट लेते हैं,'' मम्मी नन्हू को अच्छी तरह समझाते हुए बोलीं।

नन्हू ने अपने मन, माँ और मैडम की हिदायत के बीच चुनाव कर पाने में अपने आपको बेबस महसूस किया और गेट खोलकर रोटी को कुत्ते और गरीब गन्दे बच्चे के बीच फेंक दिया। गरीब गन्दा बच्चा जैसे ही रोटी उठाने के लिये आगे बढ़ा कि कुत्ता उछला और ज़ोर से भौंककर रोटी झपट ली और बच्चे पर गुर्राने लगा। नन्हू को लगा कि मैडम सच कहती है, गरीब बच्चे के लिये रोटी सचमुच चाँद की तरह दूर है, जिसे वह सिर्फ़ देख सकता है, छू नहीं सकता। कुत्ते के डर के मारे गरीब गन्दा बच्चा पीछे मुड़कर तेज़ी से सड़क पर दौड़ा। सामने से आ रही एक कार ने तेज़ी से ब्रेक लगाया। बच्चा मरते-मरते बचा, पर उसने पीछे मुड़कर नहीं देखा और भाग गया।

''मम्मी-मम्मी! वो गरीब गन्दा बच्चा अभी इतनी तेज़ी से सड़क पर दौड़ा कि उसका एक्सीडेन्ट होते-होते बचा,'' घबराये हुए नन्हू ने बाहर से ही चिल्लाकर मम्मी को बात बताई।

''अरे बेटा, तू इतना घबरा मत। ये लोग तो ऐसे ही जीते हैं। इन लोगों

की क्या ज़िन्दगी और क्या मौत? कुत्ते की तरह सड़क पर जीते हैं और कुत्ते की मौत ही मरते हैं।''

''पर मम्मी इसे भी कुछ तो दे दिया करो।''

''तू मुझे समझायेगा, क्यों? तुझे इससे इतनी हमदर्दी क्यों है?''

''बस, इसे देखकर मुझे कुछ अच्छा नहीं लगता।''

''इसमें अच्छा है क्या? जो तुझे अच्छा लगेगा। गली का गन्दा कुत्ता है ये, भुक्खड़ गन्दा।'' नन्हू की हमदर्दी और कमज़ोरी देख माँ ने डराकर अपनी बात समझाने की कोशिश की, बोली—सब डरते हैं इससे। इसको पास से देखा है तूने, कितना गन्दा है। कभी भूले से भी इसके पास जाकर इसे रोटी न दे आना। इन्फ़ेक्शन हो जायेगा तुझे। बरसों हो गये हैं, इसे नहाये हुए। पता नहीं पैदा होने के बाद कभी नहाया भी है या नहीं?

''ये नहाता क्यों नहीं मम्मी?''

''अरे ये भी कोई इन्सान के बच्चे हैं, जो नहायेंगे-धोयेंगे? जानवर भी कोई नहाते-धोते हैं?''

''ये जानवरों जैसे क्यों है?''

''क्योंकि ये गरीब हैं।''

''ये गरीब क्यों हैं?''

''सबकी अपनी-अपनी किस्मत, ये मेहनत नहीं करते।''

''ये गरीब हैं, इसलिए गन्दे हैं?''

''हाँ, ऐसा ही समझो।''

''गरीब लोग गन्दे, गन्दे लोग गरीब और जानवर जैसे, सही कहा न मम्मी?''

''हाँ, और बीमारियों का घर हैं ये?''

''कौन-कौन सी बीमारियाँ हो सकती हैं इनसे मम्मी?''

''बहुत सी—टी.बी., वायरल, खाँसी, जुकाम और...।''

''और कौन-कौन सी?''

''तुम बहुत बोलते हो और, और क्या भूख की तो बीमारी है ही इन्हें, चौबीस घण्टे भूखे रहते हैं।''

''ये रोज़-रोज़ गेट पर कुत्ते के साथ उसी समय पर आ जाता है, है ना ?''

''भुक्खड़ है, रोज़ कुत्ते की तरह दुतकारती हूँ, फिर भी आ खड़ा होता है, कुत्ते की तरह।''

''मम्मी यह आपकी सुनता क्यों नहीं ?''

''अरे तू छोटा है, नहीं जानता इन्हें, कितना ही समझाओ नहीं मानते ये। कुत्ते की दुम हैं, टेढ़ी की टेढ़ी।''

''पर मम्मी इन्हें भी तो भूख लगती होगी, कुत्ते की तरह ?''

''तू यह बता मुझे कि इतनी देर से मैं तुझे समझा रही हूँ कि वह अच्छा नहीं है, तुझे कुछ समझ नहीं आ रहा है क्या ? बोल-बोल कुछ समझ आया ?'' मम्मी ने गैस बन्द कर कपड़े से हाथ पोंछकर किचन में पास खड़े हुए बच्चे को कसकर पकड़ा और झिंझोड़ते हुए बोलीं।

''समझ आ गया मम्मी, ये सब काम कुत्तों की तरह करते हैं। कुत्तों की तरह भौंकना, काटना, जीना-मरना...पर मम्मी फिर इन्हें कुत्ता और कुत्ते को गरीब गन्दा बच्चा क्यों नहीं कहते ?''

''अरे वाह तू तो अभी से फ़िलोसोफ़र जैसी बातें कर रहा है। चलो तुझे कुछ समझ तो आया,'' माँ ने बच्चे की समझदारी से खुश, पर समझ से थोड़ा विचलित होकर, उसके मन की थाह लेते हुए पूछा—

''तू उसे देखकर इतना क्यों सोचता है ?''

''मम्मी जब यह मेरी ओर देखता है तो मुझे बड़ी शर्म आती है।''

''वो क्यों ? पागल है क्या ?''

''मम्मी आप तो उसे डाँट देती हो पर वह मेरी ओर बड़ी उम्मीद से देखता है, हाथ लम्बा करता है। मेरी अलमीरा कपड़ों से भरी है और वह नंगा है। अपना फ्रिज खाने-पीने की चीज़ों से भरा है और वह भूखा है। मम्मी मुझे शर्म आती है, मैं उसे कुछ नहीं देता।''

''अरे उल्टा क्यों सोच रहा है ? शर्मिन्दा तो उसे होना चाहिए। नंगा, गंदा खड़ा है, तेरे जैसे साफ़-सुथरे बच्चे के सामने, भीख माँगता है।''

''शर्माता है, मम्मी वह भी, मुझसे कुछ कहने की हिम्मत उसकी नहीं होती। बस पेट पर हाथ रख रोटी के लिये हाथ फैलाता है, तो मुझे बहुत तरस

आता है। मुझे लगता है कि वह सचमुच भूखा है। मम्मी आप गाय के लिये पहली रोटी रखती हैं, तो एक इसके लिये क्यों नहीं? और एक ज्यादा नहीं तो गाय वाली रोटी ही इसे क्यों नहीं दे देतीं?''

''गाय की रोटी इन्हें दे दें? तुझे पता है, गाय तो सीधा-सादा भोला-भाला जानवर होती है। तूने इन्हें गाय की तरह भोला-भाला समझ रखा है। अरे शैतान हैं ये सब शैतान और चोर। गाय साफ़-सुथरी होती है और दूध देती है। गाय माँ की तरह होती है।''

''पर मम्मी गाय भी तो खुद साफ़-सुथरी नहीं रहती, उसे भी तो कोई और नहलाता है और फिर मम्मी बिल्ली तो माँ की तरह नहीं होती, दूध नहीं देती, फिर भी आप उसे दूध पिलाती हैं, घी वाली रोटी देती हैं, उसकी घी लगी रोटी ही इसे दे दिया करो। गाय माता होती है, कुत्ता घर का रखवाला होता है, बिल्ली मौसी होती है। सभी हमारे कुछ-न-कुछ लगते हैं। रिश्तेदार कहते हैं ना ऐसों को। बस ये गरीब गन्दे बच्चे ही हमारी बिरादरी के नहीं हैं? और फिर आपने इतनी चिड़ियाँ पाल रखी हैं, इन्हें हम रोज़ दाना-पानी खिलाते-पिलाते हैं, घर में एक्वेरियम हैं, मछलियों को इतना महँगा दाना खिलाते हैं, तो फिर इनको कुछ क्यों नहीं खिलाते? ये हम सब, कुत्ते, बिल्ली, गाय, चिड़ियाँ, मछली से अलग हैं?''

''तूने मेरी रोटी जलवा दी, बहुत बड़ी-बड़ी बातें करने लगा है।''

''मम्मी ये जली हुई रोटी ही उसे दे दो ना।''

''चुप हो जा, बहुत समझ आ गई है तुझे तो अभी से। कभी कुत्ते की रोटी दे दो, गाय की रोटी दे दो, बिल्ली की रोटी दे दो, अरे ये लोग सचमुच इन जानवरों से बदतर हैं,'' मम्मी चिल्लाईं। ''लाखों की चोरी की है इन्होंने हमारे घर में। ये सब नाली के कीड़े हैं, कीचड़ में पड़े रहते हैं, सूअर हैं, सूअर...क्या खाते हैं और क्या पीते हैं? ये सिर्फ़ ढेरों बच्चे पैदा करते हैं, जो खुद भी नाली में पड़े रहते हैं और गन्दगी फैलाते हैं। देश की तरक्की में रोड़ा अटकाते हैं, पढ़ते हैं, न लिखते हैं। बस हर जगह बदबू फैलाते हैं, गन्दगी का ढेर हैं। पालना चाहता है तू उस बच्चे को? जा पाल ले उसे, फिर रहना इनके साथ नाली में, खाना नाली की गन्दगी और ज़िन्दगी भर भीख माँगना

इनके साथ और गरीब गन्दा बच्चा कहलाना,'' चिढ़कर माँ नन्हू को हल्के से धक्का देकर आगे बोली—

''आज के बाद तू इसकी ओर देखेगा भी नहीं। गेट पर कुत्ते, गाय, बिल्ली को रोटी देने मैं ही जाऊँगी। अभी तुझमें इतनी समझ नहीं। पता नहीं इन गन्दे बच्चों को देखकर ऐसी हमदर्दी कर रहा है, जैसे ये तेरे भाई-बहन हों। क्यों रे! क्या ये तेरे भाई-बहन हैं? बोल! जवाब दे? प्यार करते हैं तुझसे ये?'' मम्मी ने नन्हू को झिंझोड़ा। नन्हू सहम कर चुप हो गया। मम्मी आगे बोली—

''तुझे याद नहीं कि तूने ही ज़िद करके ये मछलियाँ खरीदवाईं, तूने ही ज़िद करके, रो-रोकर चिड़ियाँ मँगवाईं और पिंजरा बनवाया। बिल्ली को भी तू बहुत प्यार करता है। चलो ठीक है, आज से इन सब जानवरों को किसी और को दे देते हैं, ताकि इनका खाना-पीना बन्द हो और उसके बजाय उस गरीब बच्चे को रोटी दे देंगे। तू आज इस गरीब गन्दे बच्चे से इतनी हमदर्दी क्यों दिखा रहा है? इतना नाटक क्यों कर रहा है?''

''नाटक नहीं मम्मी यह सच है। पर प्लीज़ मम्मी मेरी मछलियों और चिड़ियों को आप खाना खिलायेंगी। उन्हें किसी और को नहीं देंगी,'' डरते हुए नन्हू बोला।

''क्यों अब क्या हुआ? पता चल गया ना कि तुझे कौन प्यारा है? चिड़ियाँ, मछली, बिल्ली या बच्चा?''

''सब प्यारे हैं पर...''

''पर क्या...?''

''मम्मी! कुत्ता, गाय, बिल्ली, मछली, चिड़ियाँ ये सब मेरे अपने हैं, पर ये गरीब गन्दा बच्चा मुझे इन सबसे ज्यादा अपने जैसा, खुद जैसा लगता है और मम्मी अगर मेरा कोई भाई-बहन होता तो वो भी ऐसा ही होता, है ना? बस थोड़ा-सा साफ़-सुथरा होता, और क्या?''

राजू शायर

"सेर-सायरी सुनो ओ...ओ...ओ..., सेर-सायरी सुनो ओ... ओ... ओ... और खुस हो जाओ, माउण्ट आबू का मज़ा लो, राजू गाइड के साथ। सेर-सायरी का मज़ा लो, सेर-सायरी ई...ई...ई..., सेर-सायरी। मैडम, साब, सेर-सायरी सुनो ओ...ओ...ओ..."

राजस्थान के हिल स्टेशन माउण्ट आबू में समुद्री तट से 1722 मीटर ऊपर गुरु शिखर, अरावली की पर्वत श्रृंखलाओं की सबसे ऊँची चोटी, जिस पर चढ़ने के लिये करीब सौ सीढ़ियाँ हैं, की करीब 90वीं सीढ़ी के एक कोने पर कॉलर फटी पीली टी-शर्ट पहने खड़ा था, साढ़े चार फुट और करीब बारह बरस का शायर उर्फ़ राजू गाइड। चिल्ला-चिल्ला कर अपनी हल्की-पतली आवाज़ में ऊपर से नीचे उतरती और नीचे से ऊपर चढ़ती हाँफ़ती-काँपती भीड़ को आकर्षित कर अपनी शायरियों को बेचने की कोशिश करता। सौ सीढ़ियाँ ऊपर चढ़ते वक्त गुरु शिखर तक पहुँचकर वहाँ से नीचे का नज़ारा देखने या मंदिर की घण्टियों को बजाने को आतुर लोगों के रेले को सिर्फ़ पानी, थम्स-अप, लिम्का या किसी ऐसी चीज़ की तलब होती, जो तन को ठण्डक पहुँचाए, दिमाग की किसको पड़ी थी। उतरते वक्त हज़ारों फ़ीट नीचे का खूबसूरत नज़ारा जहाँ घर, खेत-खलिहान, नदी, नालों का अस्तित्व सिर्फ़ कागज़ के नक्शे पर बनी रेखाओं की तरह हो जाता है, लोगों को वीडियोग्राफ़ी, फ़ोटोग्राफ़ी करने, सेल्फ़ी लेने से फ़ुरसत ही कहाँ होती ? ऊपर चढ़ते वक्त तो लोगों की साँस इतनी फूली होती है कि वे अपने साथ आये दोस्त, नाते-रिश्तेदारों को भूल कर सिर्फ़ बाकी बची सीढ़ियों और अपनी साँसों की गिनती

याद रखते हैं। ऐसे में राजू शायर की शायरी सुनने की फ़ुर्सत किसे और कहाँ थी ? अगर वह कुछ ठण्डा, आइस्क्रीम, कुल्फ़ी या कुछ छोटे बच्चों के खिलौने ही बेच रहा होता, तो भी कोई बच्चा ज़िद कर खरीद लेता। लोग राजू शायर को देखकर भी नहीं देखते और सुनकर भी नहीं सुनते।

दो कहारों के कंधे पर मोटे डण्डे के बीच में लटकती चौकोर डोली में बैठ गुरु शिखर पर जाती कविता का ध्यान छोटे राजू शायर की ओर गया और याद आया कि अरे! इस बच्चे को तो मैंने नीचे पार्किंग में देखा था। उसका धन्धा कुछ अटपटा और अजीब लगा, उसकी पतली आवाज़ कानों से टकराई। जैसे ही कविता की गाड़ी नीचे पार्किंग में रुकी थी, कई बच्चे दौड़े आये थे गाड़ी साफ़ करने को, इस बच्चे को पीछे धकेलते हुए। तब यह बच्चा चुप रहा और धीरे से पीछे हो लिया था। कविता को उसके सीधेपन पर तरस आया, सभी बच्चों को दूर हटाती हुई वह उस बच्चे को पास बुलाकर बोली थी, ‘‘इधर आ, तू साफ़ कर दे इस गाड़ी को।’’ पर यह बच्चा और पीछे हट गया था, कविता की आवाज़ को नज़रअंदाज़ करता हुआ। ‘कितना डरा रखा है बेचारे को’ कविता ने सोचा था।

डोली गुरु शिखर पर पहुँच चुकी थी। कविता नीचे की सीढ़ियाँ देखकर खुद से बोली—डॉक्टर ने कहा था कि पैंतालीस-पचास के बाद ज्यादा उतर-चढ़ नहीं, हड्डियाँ घिस जाती हैं। इतनी सीढ़ियाँ चढ़ना तो मेरे बस की बात नहीं। अच्छा हुआ डोली कर ली। उतरने में तो मुझे ज्यादा दिक्कत नहीं होती है। हालाँकि अपने पिचहत्तर किलो के शरीर को इन कहारों के कन्धों पर सवार हो सौ सीढ़ियाँ चढ़ना मुझे भैंसा होने का एहसास दिलाता है पर...। कविता ने कहारों को पाँच सौ का नोट देते हुए पूछा—खुल्ले हैं ? दोनों कहारों की साँस फूली हुई थी, पसीने में लथपथ थे, लगभग पिचहत्तर किलो की कविता को उतारने के बाद वहीं सीढ़ियों पर धमक गये थे। अभी उनकी साँस सामान्य होने में थोड़ा वक्त लगेगा। अपना मेहनताना पाँच सौ का नोट थामने की ताकत भी उनमें नहीं थी, ‘‘अभी हिसाब करते हैं मैडम, थोड़ी साँस ले लें,’’ वे हाँफ़ते हुए बोले।

तेज़ हवाओं में लहराते अपने गले के स्टॉल को कानों पर कसकर

लपेटती हुई कविता बोली, ''मेरे पास अब सिर्फ़ पन्द्रह मिनिट हैं, लन्च टाइम से पहले होटल पहुँचना है।'' जल्दी से मंदिर की घण्टी बजाई, ऊपर से नीचे के कुदरती नज़ारे को देखा, कुछ व्हाट्सऐप पर लोड करने के लिए सेल्फ़ीज़ लीं और बचे हुए पैसे लेकर नीचे उतर गई।

कुछ दस सीढ़ियाँ उतरने पर एक कोने से आवाज़ आई—सेर-सायरी सुनो, राजू गाइड की सेर-सायरी ई ई, सुनो, हँसो और खुस हो जाओ, माउण्ट आबू का मज़ा लो। सेर-सायरी ई ई, सेर-सायरी ई ई ई...। अब की बार कविता इस आवाज़ को सुन आगे बढ़ न पाई। वहीं रुक गई। उन नन्ही आँखों में खुद के हुनर को पहचानने वाले किसी कद्रदान की तलाश ने कविता को रोक दिया। राजू भी उस नज़र को पहचान गया, बोला—

''मैडम सेर-सायरी सुनो खुस हो जाओ,'' निगाहें झुकाता हल्का-सा शरमाता वह बोला।

''शे'र-शायरी सुनाएगा, जानता भी है, शे'र-शायरी क्या होती है?''

''हाँ, बिलकुल,'' बड़े आत्मविश्वास से अबकी बार आँखें मिलाता हुआ राजू बोला।

''कहाँ से सीखा?''

''बस स्टॉप पे किताब मिलती है, कुछ उससे, कुछ उस्ताद, कुछ खुद से सीख लिया।''

''वाह! स्कूल जाता है कि रोज़ यूँ ही लोगों को दिनभर शे'र-शायरी सुनाता है?''

''जाता हूँ मैडम छठी में पढ़ता हूँ। आज तो रविवार है ना।''

''अच्छा बता, सात और सात कितने होते हैं?'' मैडम कविता ने सवाल पूछा।

''...'' राजू चुप था।

''क्या हुआ? अच्छा बता, दस और दस कितने होते हैं?''

''बीस,'' राजू फट से बोला।

''छठी में है और सात और सात नहीं पता,'' डाँटती हुई कविता बोली।

''दस के नोट तो धन्धे में रोज़ाना मिलते हैं ना, दस और दस तो किसे

भी पूछ लो,'' बड़े घमण्ड से इतराते हुए राजू ने जवाब दिया।

''रोज़ दस के कितने नोट कमा लेता है?''

''तीस, कभी चालीस, कम्भी पचास...साठ भी।''

''तेरे माँ-बाप ये धन्धा छोड़ स्कूल जाने को नहीं कहते?'' कविता ने बड़े अपनेपन से चिन्ता जताते हुए पूछा।

''मैडम पहली बात तो ये कि ये सेर-सायरी सुनाना धन्धा नहीं होता, बापू तो बहुत नफ़रत करता है इस धन्धे से। कहता है कि वो मेरा बापू नहीं, पहले बापू रोज़ मेरी माँ को पीटता भी था, कहता था कि ये सायर मेरा बेटा नहीं हो सकता, बोल किस सैलानी का बेटा है? पर अब नहीं कहता।'' कविता की बातों में थोड़ा अपनापन झलकता देख राजू ने उसी अपनेपन से जवाब दिया और तीखेपन से अपनी वेदना बयान कर दी।

''मैडम आप मेरी सेर-सायरी सुनोगी कि नहीं? अभी काम का टेम है, मैं खोटी हो रहा हूँ।'' थोड़ा रुआँसा होकर उसने अपनी बात पलटी।

''अच्छा बाबा ये बता सेर-सायरी सुनाने के कित्ते पैसे लेता है तू?'' थोड़ा नरम होते हुए कविता ने पूछा।

''आपकी मर्ज़ी आये जित्ते दे देना।''

''हर चीज़ की कीमत होती है ना जैसे दस रुपये का बिस्किट का डिब्बा, पन्द्रह रुपये की पानी की बोतल, 10 रुपये का चिप्स का पैकेट तो तेरी शायरी की क्या कीमत है?''

''अरे मैडम आप पढ़ी-लिखी हो फिर भी सायरी की कीमत पूछती हो? उस्ताद कहते हैं कि सायरी की कोई कीमत नहीं होती। पसन्द आये तो ज़्यादा दे देना। सायरी की कोई रेट तो नहीं लगाई जा सकती न?''

''तेरे उस्ताद कौन हैं?'' कविता पूछ बैठी।

''असोक जी, बारहवीं में पढ़ते हैं सिरकारी स्कूल में।''

''अच्छा चल सुना।''

राजू तनकर खड़ा हो गया, जोश से ज़ोर-ज़ोर से पतली आवाज़ में चिल्लाने लगा, ''पहला सेर अरज है—

चप्पल है छोटी तो पैरों में नहीं आती,
चप्पल है छोटी तो पैरों में नहीं आती।
अंकल की बीवी है मोटी तो बगल में नहीं आती।
''दूसरा सेर अरज है—
मेहन्दी रंग लाती है सूख जाने के बाद,
मेहन्दी रंग लाती है सूख जाने के बाद।
लड़कों को अकल आती है लड़की की चप्पल खाने के बाद।''
राजू की तीखी आवाज़ सुन कुछ लोग भी रुक गये। कुछ की चाल धीमी
हो गई। राजू ने अपना वॉल्यूम बढ़ाया, ''तीसरा सेर सुनिए—
कीचड़ में पार्किंग है, धोना तो पड़ेगा,
कीचड़ में पार्किंग है, धोना तो पड़ेगा।
ड्राइवर से शादी करोगे, रोना तो पड़ेगा।''
''अरे यार! क्या बात है, हा, हा...'' एक अधेड़ आदमी हँसा।
''चौथा सेर सुनिये—
अंगूर के पेड़ पर अंगूर लटके रहते हैं,
अंगूर के पेड़ पर अंगूर लटके रहते हैं।
आपकी यादों में आँसू टपके रहते हैं,
आपकी यादों में आँसू टपके रहते हैं।''
बिना साँस लिये राजू ने अगला शे'र सुनाना शुरू कर दिया—
''कौन कहता है टमाटर लाल हैं?
कौन कहता है टमाटर लाल हैं?
लाल तो तेरे गाल हैं, हिरोइन जैसी चाल है,
पीछे मुड़ के देख, दिवानों का क्या हाल है?''
''वाह-वाह! वाह-वाह!'' कुछ मनचले लड़के हँसते हुए बोले।
''अगला सेर अरज है—
पत्ते नहीं हिलते तो हवा हिला देती है।
पत्ते नहीं हिलते तो हवा हिला देती है।
लड़के नहीं बिगड़ते तो लड़की बिगाड़ देती है।''

''वाह रे! तू तो उस्ताद है बेटा,'' कुछ लोग हँसे।

उसने फिर से शायरी कहना शुरू किया—

''फूल है गुलाब का चमेली का मत समझना,
फूल है गुलाब का चमेली का मत समझना।
आशिक हूँ आपका, सहेली का मत समझना।
आवाज़ ज़ोर से आती है पत्ते टूट जाते हैं,
आवाज़ ज़ोर से आती है पत्ते टूट जाते हैं,
नये दोस्त मिल जाते हैं, पुराने छूट जाते हैं।''

''और ये सेर मेरा है—

फूल है गुलाब का खुशबू तो लिया करो,
फूल है गुलाब का खुशबू तो लिया करो।
राजू गाइड है आपका, कुछ दाद तो दिया करो।
राजू गाइड है आपका, कुछ दाद तो दिया करो।''

राजू घुमावदार सीढ़ियों के एक तरफ़ खड़ा होकर ज़ोर-ज़ोर से चिल्लाकर अपने शे'र सुना रहा था। कुछ लोग रुके, कुछ आगे बढ़ गये, कुछ हँसे, कुछ बोर होकर मुँह चढ़ाकर आगे चल दिये। नीचे से ऊपर चढ़ती एक औरत ने उसकी शायरी सुने बिना अपने पति से कहा, ''इसे अपने बच्चे के हाथ से दस रुपये दिलवा दो, बच्चे की जान का सदका है। जब बच्चे ने दस रुपये दिये, राजू ने बड़े अनमने ढंग से दस का नोट लेकर पूछा—

''सायरी कैसी लगी?'' मानो दाद चाह रहा हो।

''सायरी वाह, वाह!'' बाबूजी ने कहा। राजू का मुँह छोटा-सा हो गया।

''मैडम मुझे सायरी के बदले ये भीख बिलकुल अच्छी नहीं लगती, पर क्या करूँ आज तो बोहनी भी नहीं हुई है और मेरी जान का सदका?'' राजू मायूस होकर बोला।

''फ़िक्र मत कर, आ बैठ मेरे पास, ये ले पचास रुपये, भीख नहीं है। तेरे टेम के फुल पैसे मैंने तुझे दे दिये हैं। कुछ दुख-सुख की बातें करते हैं,'' चट्टान के एक कोने पर बैठती हुई कविता बोली।

''तेरे बापू को क्या हुआ?''

''बापू बीमार हो गया। आखिर चालीस के पार जो पहुँच गया।''

''चालीस के पार पर आदमी बीमार हो जाता है क्या ?'' कविता ने पूछा।

''और क्या ? गाँव में तो तीस-पैंतीस का आदमी बूढ़ा हो जाता है। आखिर कितने साल हड्डियाँ घिसेगा और दादा, नाना जो बन जाता है।''

''अब तू क्या करेगा ? और माँ क्या करती है तेरी ?'' कविता ने थोड़े चिन्तित स्वर में उससे पूछा।

''जंगल से लकड़ियाँ ले के आती है, जिनसे बापू रोज़ शाम को उसे मारता है। इसके सिवाय कुछ नहीं करती। मैं माँ को बहुत समझाता हूँ कि चली जा अपने बाप के पास। दिनभर मार खाती है, रोटी तो मिलती नहीं खाने को, पर नहीं मानती। कहती है कि तू सायरी छोड़ सकता है ? नहीं ना, तो मेरे तीनों बच्चे मेरी सायरी हैं, भूखी मर जाऊँगी, पर तुम्हें नहीं छोड़ूँगी। सपने देखती है कि मेरा बेटा गुरु सिखर की तरह अपना नाम रोसन करेगा, इतना बड़ा सायर बनेगा। वो देखो नीचे, वो छोटा-सा नीला चौकोर दिखाई दे रहा है, वो मेरे गाँव का तालाब है,'' गहरी साँस लेकर बड़ी होशियारी से राजू ने बात बदली।

''बापू को क्या बीमारी हो गई ?''

''ज़िन्दगी बीत गई सीढ़ियाँ उतरते-चढ़ते। दिन में दस-बीस बार सीढ़ियाँ उतरता चढ़ता था, सो गोडे घुटने-टकने घिस गये,'' राजू ने झुककर अपने घुटनों पर हाथ लगाकर समझाया।

''क्या बेचता था ?''

''डोली में, बीमार, बूढ़े, बच्चों को ऊपर ले जाता-लाता था, पर अब लाचार है।''

''तेरी कमाई से घर चल जाता है ?''

राजू ने एक नकली मुस्कुराहट दी।

फ़िक्र से माथे पर सलवटें लाते हुए कविता ने पूछा—

''तुम खाते क्या हो ?''

''अनाज,'' राजू मासूमियत से बोला।

''अरे पगले,'' कविता को थोड़ी हँसी आ गई। ''इन्सान हो तो अनाज ही खाओगे ना।''

''मैंने सोचा, आप बड़े लोग हैं, पता नहीं क्या-क्या खाते होंगे, हम गरीब हैं तो आप सोच रही होंगी शायद घास-फूस...चारा...'' झेंपते हुए राजू बोला।

''अरे मेरा मतलब था कि दोनों वक्त खाने-पीने को मिलता है?'' राजू चुप हो गया। उसकी चुप्पी को देख कविता ने बात बदली।

''इतनी खूबसूरत जगह रहते हो फिर भी खुश नहीं? देखो सब इतनी दूर से यहाँ आते हैं, इस खूबसूरती को देखने, सेहत बनाने, ताज़ा हवा लेने।''

''मैडम, अपने दिल की बात कह दूँ तो किसी को कहोगी तो नहीं? बहुत दिनों बाद, दिनों बाद नहीं शायद पहली बार किसी ने पूछा है कि मैं खुस हूँ कि नहीं? इसलिए आपको सब कुछ बताने का मन होता है। वैसे तो अपने जन्म स्थान की बुराई करना पाप है और वो भी माउण्ट आबू जैसे हिल-स्टेसन की और जिस धरती का आप दाना-पानी खा-पी रहे हों, पर हमें तो यहाँ बस पानी ही मिल रहा है, दाना नहीं। इसलिए इस जगह को कोसते हैं। मेरे बापू कहते हैं कि कास! हम यहाँ नहीं रहकर कहीं और रह रहे होते, चाहे वह रेगिस्तान ही क्यों नहीं होता। बस जहाँ भी होते दोजून की रोटी का जुगाड़ हो जाता तो हमारी दुनिया सुन्दर हो जाती। ये कुदरत की सुन्दरता, ये ताज़ा हवा हमारे किस काम की? हमें न तो यहाँ की सुन्दरता खुसी देती है, न यहाँ की ताज़ा हवा सेहत देती है। सुन्दरता और ताज़ा हवा से पेट कहाँ भरता है मैडम?'' राजू ने पूछा।

''ये शे'र-शायरी का धन्धा क्यों चुना तूने? और भी बच्चे हैं, देख वो पानी, चिप्स, बिस्किट, नमकीन, हज़ारों तरह की चीजें बेच रहे हैं और कमा रहे हैं। कुछ नहीं तो शे'र-शायरी की किताबें ही बेच रहे हैं,'' कविता समझाती हुई बोली।

''मैडम इसे धन्धा मत कहो। मेरे माँ-बापू भी इस काम से बिलकुल खुस नहीं हैं। मुझे सेर-सायरी पढ़ने-लिखने का बहुत सौक है। इससे मैं बहुत खुस होता हूँ। कभी भूखा होता हूँ तो इसको पढ़ने से ही मेरा पेट भर जाता है। इसको पढ़ते-पढ़ते भूख-प्यास खत्म हो जाती है। घर में रोटी नहीं होती है, तो सबकी हालत खराब हो जाती है, उन्हें नींद नहीं आती, पर मुझ पर ज्यादा असर नहीं होता। मैं सेर-सायरी की किताब उठाकर पढ़ने लग जाता हूँ

तो सब कुछ भूल जाता हूँ। रोटी तो इसे बना लिया, रोज़ी भी बनाना चाहता हूँ। सबसे बड़ी बात, इसको पढ़ते-पढ़ते मुझे भूखे पेट भी ऐसा नसा चढ़ता है कि नींद भी आ जाती है और क्या चाहिए?'' राजू ने समझाया।

''तू बड़ा होकर क्या बनेगा? शायर?'' कविता ने हँसकर पूछा।

''सायर तो सायर होता है ना मैडम। उसे कोई बनाता थोड़े ही है। मैं तो बचपन से ही सेर-सायरी करता हूँ। बापू कहते हैं कि बड़ा आया रईस नवाब। सच बताऊँ तो ये धंधा नहीं मेरा सौक है, सौक मतलब 'इसक'। फिर इससे जो कमा लिया बस, सेर-सायरी सुनाने से चाहे भूखे ही क्यूँ ना सोना पड़े। ये जो दूसरे बच्चे हैं ना सब बिकाऊ हैं साले, पूरा दिन नकली माल बेचकर सिरफ तीस-चालीस रुपये कमाते हैं। किताबें मैं नहीं बेचता, क्योंकि मैं भी इनकी तरह दुकानदार हो जाऊँगा, फिर किताबें खरीदने के लिए रुपये भी चाहिए। अपन सायर हैं, सायर कभी बिकाऊ नहीं होता। कदरदान मिले तो सौ कमा लिया, नहीं तो कुछ नहीं।''

''वाह रे शायर,'' कविता ने हँसकर कहा। ''तू बड़ा होकर क्या काम करेगा?''

''सायर हूँ, सायर रहूँगा और क्या? बापू की एक बात बहुत बुरी लगती है, वो कहता है कि राजू कभी सायर नहीं बन सकता, राजू सिरफ़ गाइड बन सकता है या डोलीवाला। आप ही बताओ ये कोई बात हुई? मैं सायर क्यों नहीं बन सकता? मैं गुरु सिखर की ऊँचाइयों को क्यूँ नहीं छू सकता? मैं अपनी माँ का सपना क्यों पूरा नहीं कर सकता?''

''पर शायरी से पेट नहीं भरा तो?'' कविता यकायक पूछ बैठी।

''मजबूरी में बापू का डोली ले जाने वाला धन्धा करूँगा। मेरे बापू ने मेरे लिए एक सपना देखा था कि मैं जल्दी बड़ा हो जाऊँगा तो दोनों मिलकर डोली उठाएँगे। उससे पैसे दूसरे कहारों के साथ आधे नहीं बँटेंगे, घर में पूरे पैसे रहेंगे। पर...मैं जल्दी बड़ा नहीं हुआ और बापू जल्दी बूढ़ा हो गया, कहता है कि उसको तो अब चार कहार कन्धों पर उठाकर समसान ही ले जाएँगे।''

''पर तेरी शायरी का क्या होगा?'' कविता ने पूछा।

''सायरी तो चलती रहेगी। लिखूँगा गरीबी पे, भूख पे। मैंने एक आइडिया

सोचा है, डोली में ऊपर ले जाते वक्त लोगों को सायरी सुनाता जाऊँगा,'' राजू ने मुस्कुराते हुए कहा।

''ज़बरदस्ती? कोई नहीं सुनना चाहे तो? अच्छा एक बात बता जब 100 सीढ़ियाँ नीचे मेरी गाड़ी पार्किंग में लग रही थी, तब तूने ही गाड़ी साफ़ करने से इनकार कर दिया था ना? जबकि छह-सात बच्चे गाड़ी साफ़ करने के लिए झगड़ रहे थे, क्यों?'' कविता ने सफ़ाई चाही।

''मैडम, गाड़ी साफ़ करना मेरा धन्धा नहीं है। अपनी रोज़ी-रोटी तो सायरी है, आपको बताया ना। ये सब बंधुआ मज़दूर हैं। हफ़्ता अलग देते हैं, मेरी सायरी का कोई ठेकेदार नहीं। मुझे किसी को हफ़्ता नहीं देना होता। साले किसी ठेकेदार को सायरी आती ही नहीं जो सायरी का ठेकेदार बने। मैं अपना ठेकेदार खुद हूँ, न किसी की गाली सुननी पड़ती है, न मार खानी पड़ती है। सब मुझपे हँसते हैं तो हँसें। आप भी डोली में बैठकर ही ऊपर चली गई थीं ना? उतरते वक्त आपने मेरी सायरी सुनी ना? जिसे मेरी सायरी सुननी होती है, वो तो रुकताइच है ना, चाहे डोली में हो या पैदल,'' जीवन में कुछ अच्छा काम करने का एहसास करता हुआ राजू खुश होकर बोला।

''आप कितनी बार डोली में बैठीं?'' अचानक कविता के बारे में कुछ जानने की उत्सुकता जताता हुआ वह पूछ बैठा।

''क्यों डोली में बैठना कोई बड़ी बात है?'' कविता ने हँसकर पूछा।

''हाँ बिलकुल, बहुत बड़ी बात, पूरे दो सौ रुपये लगते हैं,'' राजू बोला।

''अच्छा मैं दो बार बैठी। और अगर शादी के बाद गाड़ी में बैठकर दूल्हे के घर जाने को डोली में बैठना कहते हैं तो तीन बार,'' कविता ने मुस्कुराते हुए जवाब दिया।

''गाड़ी में तो एक जगह से दूसरी जगह नीचे से नीचे ही जाना होता है, डोली में तो नीचे से ऊपर जाना होता है, मंदिर तक। माँ बताती है कि बापू भी उसे एक बार डोली में बिठाकर ऊपर ले गया था, गुरु सिखर तक, जब उसकी नयी-नयी सादी हुई थी,'' राजू ने समझाया।

''पर भगवान तो कहीं नहीं मिलता,'' कविता के मुँह से यकायक निकल गया।

अपनी टी-शर्ट के बॉर्डर को गोल मोड़ता हुआ राजू बोला—

''एक बात पूछूँ? आप लोगों के पास तो सब कुछ है, भगवान आपकी सुनता है। आप लोगों को तो धरती पे नीचे भी भगवान मिल जाता है, फिर आप जैसे लोग इतनी परेसानी उठाकर पहाड़ पर गुरु सिखर पे चढ़ भगवान के दर्सन के लिये क्यों आते हैं? इतना पैसा खरच करते हैं। यहाँ रहने वाले तो हम लोग पहाड़ के नीचे भी भगवान के दर्शन करते हैं और ऊपर रोज़ गुरु सिखर पर भी भगवान के दर्शन करते हैं, पर हमारी तो भगवान सुनता ही नहीं। मैडम क्या आपको ऊपर भगवान के दर्सन हुए?''

''हाँ, गुरु शिखर की ९०वीं सीढ़ी पर। तुझे देखा तो भगवान के दर्शन हो गये, बच्चों में ही तो भगवान होता है, चाहे ऊपर जाओ या नीचे जाओ। 'शायर भगवान','' कविता हँसती हुई बोली।

हल्की-सी मुस्कुराहट के साथ राजू ने कल्पना की न जाने कौन-सी उड़ान भरी कि कुछ पलों के लिये अपनी आँखें मूँद लीं।

''चल नीचे चल मेरे साथ, तुझे कुछ देना है,'' बहुत अपनेपन से कविता बोली।

''नीचे? अभी? आप चलो मैडम अभी आता हूँ।'' कुछ सोचते हुए राजू ने जवाब दिया।

''मैं रुकूँगी नहीं, जल्दी से आ जा,'' प्यार से कविता बोली।

दस मिनिट में नीचे उतरकर कविता गाड़ी में बैठ राजू सायर का इन्तज़ार करने लगी। पाँच मिनिट में उतर आयेगा, है तो दुबला-पतला हवा-हवाई राजू गाइड। दस मिनिट...पन्द्रह मिनिट...क्या बात है अब तक नहीं आया, बीस मिनिट, अब बहुत इन्तज़ार हो गया, अब और नहीं रुक सकती। कैसा बच्चा है, कुछ देने के लिये नीचे बुलाया था, तो भी नहीं आया। कविता ने ड्राइवर को होटल चलने को कह दिया।

~

तीन दिन बाद माउण्ट आबू को अलविदा कहने का वक्त आ गया था। शहर की भाग-दौड़ भरी ज़िन्दगी से राहत मिली, कुछ ताज़ा हवा खाकर कविता

अपने आपको तरोताज़ा महसूस कर रही थी। सारा सामान गाड़ी में लाद दिया गया। होटल से चेक-आउट कर कविता गाड़ी के पास गई तो देखा कि एक बच्चा गाड़ी साफ़ कर रहा था।

''अरे तू तो वही शायर है ना? क्या हुआ? उस दिन मैंने तुझे नीचे बुलाया था, तू आया क्यों नहीं? पता है मैंने पूरे बीस मिनिट इन्तज़ार किया तेरा, मैं खाने में लेट हो गई। इतना बड़ा शायर है रे तू?'' चिढ़कर कविता ने पूछा।

''बड़े-छोटे की बात नहीं है मेम साब।'' राजू धीमी आवाज़ में मायूस होकर बोला।

''आज मेम साब कह रहा है, उस दिन तो मैडम कह रहा था, वाह रे शायर तेरे अंदाज़,'' कविता ने कड़ककर कहा।

''कुछ नहीं ऐसे ही, बस आप इतने बड़े होटल में जो ठहरी हैं, इतनी बड़ी गाड़ी है आपके पास तो...आप बहुत अच्छी हैं...'' लड़खड़ाती जुबान में राजू ने जवाब दिया।

''नीचे क्यों नहीं आया उस दिन?'' कविता कड़की।

''मेम साब, आपकी ही तरह अक्सर लोग मुझे नीचे बुलाते हैं, कुछ देने के लिए। सुरू में मैं नीचे चला जाता था, पर सौ सीढ़ियाँ उतरने के बाद कुछ लोग तो भूल जाते, कुछ दुत्कार भी देते, कुछ सड़े-गले केले, बचे-खुचे चिप्स के पैकेट, जूठी कोल्ड-ड्रिंक, सड़ा हुआ खाना दे देते थे। इस तरह लोगों के बुलाने पर बार-बार नीचे जाने से बहुत थक जाता हूँ, फिर ऊपर चढ़ने की ताकत नहीं रहती। फिर बार-बार चढ़ने-उतरने से भूख भी लग जाती है। उस्ताद ने मुझे समझाया कि कंकर के लड्डुओं का लालच मत कर, लोगों की जूठन लेने जाना सायर के लिए नीचे गिरने के बराबर है, इससे तो भूखे रहना अच्छा। नीचे गिरना बहुत आसान है, ऊपर उठना मुश्किल। अभी से बापू की तरह घुटने घिस जायेंगे तो बड़ा होकर क्या करूँगा? सीढ़ियाँ नहीं चढ़ पाऊँगा? और आपकी तरह डोली में ऊपर जाने की मेरी औकात कहाँ? कभी-कभी जब बहुत थक जाता हूँ तो इच्छा तो मेरी भी बहुत होती है कि कास कभी कोई मुझे भी डोली में बिठाकर ऊपर ले जाए पर...। इसलिए बार-बार नीचे नहीं उतरता,'' राजू निगाहें नीचे गड़ा कर बोला।

''और तू यह क्या धन्धा कर रहा है? तू तो कभी गाड़ी साफ़ नहीं करता था ना? सायर साहब, बिकाऊ कब से हो गये?'' कविता उसके अहम् को ठेस पहुँचाने के लिए बोली।

''मेम साब मजबूरी में यह धन्धा पकड़ना पड़ा। चार-पाँच दिन से कुछ कमाई ही नहीं हुई और बापू की तबियत बहुत खराब है, माँ ऐसी हालत में उसे अकेला छोड़कर लकड़ी लेने भी नहीं जा सकती, तीन दिन से घर में अनाज का एक दाना नहीं है और...और घास-फूस खायी नहीं जाती। छोटे भाई-बहन...'' राजू की आवाज़ थरथराकर चुप्पी में बदल गई। गाड़ी के बोनट पर राजू के आँसू टपाटप गिरने लगे, जिनके निशान मिटाने के लिये उसने हाथ में पकड़ा हुआ गाड़ी साफ़ करने का कपड़ा आँसुओं पर डाल दिया और उसके हाथ तेज़ी से गाड़ी को साफ़ करने लगे। आँसुओं से भीगी राजू की आँखें थोड़ी धुँधला गईं और गाड़ी आँसुओं से भीगे कपड़े की रगड़ से थोड़ी चमक उठी।

यह तेरा बक्सा, वह मेरा बक्सा

"अरे! अरे! इसे यहाँ कहाँ सुला रहे हो?'' पहले बक्सेवाला बोला।

''छि! छि! इतनी बदबू! अभी सुलाया नहीं है, जब हमारे बीच में सुलाएँगे तो क्या होगा?'' बीच के खाली बक्से के दाएँ बक्सेवाला बोला।

''पता तो करो यह कौन है, यहाँ कैसे पहुँचा?'' बीच के ऊपर का बक्सेवाला बोला।

''कौन है? यह कौन है? कहाँ से आया है? कौन है? कौन है? कहाँ से आया है? बदबू! बदबू! बदबू!'' बक्सा नंबर 101, 102, 103, 104, 105, 106, 107, 108, 109, 201, 230, 204, 205 चारों ओर से आवाज़ें आने लगीं।—मैंने डॉक्टर को कहते सुना है कि यह दम घुटने से मर गया है। नीचे से दूसरे नंबर का बक्सेवाला बोला।

''अरे बेचारा! बहुत ही बुरा हुआ। पर यह क्या बदबू-बदबू लगा रखा है। दो-तीन दिन की ही तो बात है किसको यहाँ हमेशा रहना है?'' तीसरे नंबर के बक्सेवाले ने अफ़सोस जताया।

''तुझे इससे इतनी हमदर्दी क्यों है? तेरे भेजे में चार गोलियाँ घुसा दी गईं फिर भी सोच नहीं बदली। बड़ा आया गरीबों-पीड़ितों का मददगार!'' चौथे नंबर का बक्सेवाला झल्लाया।

''सोच तो तुम सबकी भी कहाँ बदली? भेजा जम गया है बर्फ़ में पड़े-पड़े, नाक-कान बंद हैं फिर भी ज़बान पर बदबू-बदबू-बदबू।'' तीसरे नंबर के बक्सेवाले ने तीखेपन से कहा।

''चुप कर बहुत बोल रहा है,'' चौथा चिल्लाया।

''ज्यादा तुम सब बोल रहे हो, क्या है? कौन है? कहाँ से आया है? क्या नाम है? अभी तक रट लगा रखी है, अब तो बंद करो यह सब। अब तो हम सब बराबर हैं। यहाँ भी ये क्या, तेरा-मेरा लगा रखा है? अब तो बस राख ही होना है ना? ये तो यहाँ आ गए सो एक-दो दिन राख-मिट्टी होने से बच गए। क्या तुम्हें अपनी बदबू बर्दाश्त हो जाती है?'' तीसरे वाले ने पूछा।

''हमारी तो दवाइयों की बदबू है। इसकी सड़ांध तो अजीब है। इसका नाम क्या है? अरे भाई सो रहे हो क्या? इस स्ट्रेचरवाले का नाम क्या है? यह जो नया आया है जिसे हमारे बीच के खाली बक्से में सुलाने की तैयारी हो रही है,'' चौथे नंबर ने पाँचवे से पूछा।

''मगना...म...ल आगे कुछ सुनाई नहीं दिया, डॉक्टर कह रहा था,'' पाँचवाँ बोला।

''डरपोक! अब भी डर रहा है? अब कौन इसकी जात का नाम लेने से पुलिस तुझे पकड़कर जेल में डाल देगी? अब तो खुलकर दिल की बात कर। गटर कौन साफ़ करते हैं?'' चौथे ने चिढ़कर कहा।

''अरे कहीं यह वह तो नहीं? अब समझा इसका दम कैसे घुटा।'' मोर्चरी कैबिनेट सप्लायर्स के स्टैंडर्ड स्टील के सिंगल पीस कैबिनेट जो कि रुपये एक लाख का था उसमें तीन दिन से लेटे हुए सेठ मगनलाल का दिमाग चला।

''मैंने सुना है कि डॉक्टर कह रहे थे कि यह गटर साफ़ करने अंदर उतरा था तो वहाँ बदबू से दम घुटने से मौत हो गई,'' डबल बॉडी मोर्चरी फ्रीजर जी एस एयरकंडीशनर एवं रेफ्रिजरेटर कम्पनी के महँगे कैबिनेट में से एक आवाज़ आई।

''अब अपनी बदबू से यह यहाँ हमें मारेगा।''

''ओहो! तो यह वह है, तभी इतनी बदबू। पर यार यह मरा कैसे? ये लोग तो बदबू में ही बड़े होते हैं,'' डबल बॉडी मोर्चरी फ्रीजर कैबिनेट के दूसरे बक्से से आवाज़ आई।

''हो सकता है कि पढ़ा-लिखा बेरोज़गार हो। कोई नौकरी नहीं मिली तो खानदानी धंधा अपना लिया हो। पर ये बदबू! असहनीय है।''

''अरे यार! पोस्टमार्टम हुआ है, चीरफाड़ की वजह से बदबू है,'' बक्सा नंबर 25 बोला।

''तू भी तीसरे के साथ हो लिया। चुपकर। बड़े आए बराबरी का पाठ पढ़ाने। तुझे पता है कि तुझे टपकाने के लिए हमने इसी के भाई का इस्तेमाल किया था जिसकी तू तरफ़दारी कर रहा है। तेरी सूरत तेरे घरवाले भी पहचान नहीं पा रहे इतनी बिगाड़ दी गई है। कोई पहचान पायेगा भी नहीं। लावारिस ही रहेगा। यहाँ से कोई क्रियाकरम के लिए ले जाने वाला भी नहीं मिलेगा।''

''इन लोगों के मरने के बाद अंदर से भी बदबू आती है।'' 226 नंबर बक्सेवाले ने नाक भौंह सिकोड़ कर अपना वक्तव्य दिया।

''चुपकर यार। हद करता है,'' 227 नंबर बक्से वाला बोला।

''पर यार यह डॉक्टर लोग इसे हमारे बीच यहाँ कहाँ ले आए? इन 3-4 लाख की मशीनों में इसे कहाँ रखेंगे?'' 226 नंबर बक्सेवाले ने फ़िक्र जताई।

''हाँ, हमारे बाद भी तो लोग आएँगे यहाँ, जो यहाँ सुलाए जाएँगे। वे बेचारे अनजाने में अपवित्र नहीं हो जाएँगे? हमें उन्हें स्वच्छ स्थान देना होगा।'' 221 नंबर के बक्सेवाले ने चिंता ज़ाहिर की।

''और वैसे भी इन लोगों को कौन-सी रेफ्रिजरेटर की ज़रूरत है? हम तो ए.सी. में रहते आए हैं तो ठंडा चाहिए। और इनको तो बदबू में रहने की आदत है। थोड़े दिन और बाहर रह जाएगा तो कौन-सा ज्यादा मर जाएगा या सड़ जायेगा?'' 220 नंबर के बक्सेवाले ने अपना मत व्यक्त किया।

''यह तो ठीक है कि अभी यह बाहर स्ट्रेचर पर ही है। तो भी इतनी बदबू है। जब अंदर हमारे पास सुला दिया जाएगा तो कैसे बर्दाश्त करेंगे इसे?'' 220 नंबर का बक्सेवाला घबराया।

''तू तो चुप हो जा। तू जिस मशीन में सो रहा है वह भी किसी थर्ड क्लास कम्पनी की क्लियरेन्स सेल से सस्ते में खरीदी गई है। उसमें बदबू दूर करने का कुछ नहीं है,'' 226 नंबर के बक्सेवाले ने चुटकी ली।

''और तू जिस बक्से में सो रहा है, वह चाइना का सस्ता माल है,'' 220 नंबर वाले ने मज़ाक उड़ाया।

''तो क्या? अपन तो ज़िन्दगी भर चाइना का सस्ता माल ही खरीदते रहे

हैं, अब यहाँ परहेज़ क्यों? और यहाँ क्या बुरा है? अपन आम आदमी हैं कभी ए.सी. में नहीं रहे, यहाँ कितना आराम है, सुकून है, ज़िन्दगी की किचकिच खत्म। फिर बक्से के नंबर ऐसे—101, 102, 103, 104, 201 203, जैसे किसी थ्री स्टार होटल के ए.सी. कमरे हों। यह सब अपनी किस्मत में जीते जी कहाँ था?'' 226 नंबर बक्सेवाले ने हँस कर जवाब दिया।

''तो मुझे भी कौन-सा इस क्लियरेंस सेल में खरीदे गए सस्ते डिब्बे में हमेशा रहना है? हम तो खुद ज़िन्दा थे तब भी क्लियरेंस सेल का माल ही थे। अस्सी परसेंट डिस्काउंट वाला। साला कभी जीवन में फ्रेश तो फ़ील ही नहीं किया। कबाड़ में पड़े सामान-सा जीवन जिया। अब कुछ दिन बाद तो राख होना ही है। फिर किस बात की और किससे शिकायत?'' 220 नंबर बक्सेवाले ने मायूसी भरा जवाब दिया

''यार, बड़े सेठ जी चुप हैं। इन्हें पता नहीं कि क्या चल रहा है?'' 226 नंबर बक्सेवाला बोला।

''इन्हें क्या लेना-देना? यह तो एंटीक कैबिनेट, उम्दा इंटीरियर डेकोरेशन, मद्धिम रोशनी, खुशबूवाले, चिल्ड, स्वच्छ चेंबर में सो रहे हैं, जो इम्पोर्टिड है,'' 220 नंबर के बक्सेवाले ने समझाया।

''मैं सब सुन रहा हूँ।'' सेठ गोवर्धन दास की रौबीली आवाज़ सुनाई दी।

''यह क्या तमाशा बना रखा है? अब तक तो पूरे कमरे में बदबू फैल चुकी होगी। हमें यहाँ अपने चेंबर के अंदर बदबू नहीं आ रही है तो क्या? हमें डर है कि जब चेंबर से हमें निकाल कर घर ले जाया जाएगा तो रास्ते में हम इस कमरे की बदबू को कैसे बर्दाश्त करेंगे? हमारे बच्चों ने यह इंपोर्टिड मोर्चरी चेंबर अमेरिका से इसलिए भिजवाया था क्योंकि हमारे बच्चे अमेरिका में हैं और हमारे मरने के बाद उन्हें यहाँ आने में समय लगेगा। तब तक हम आराम से सोएँगे। भीनी-भीनी खुशबू की महक में। पर क्या पता था कि बगल में ऐसे लोगों को सुला दिया जाएगा? इन्हें यहाँ भी हमारी बराबरी करनी है। मरने के बाद भी चैन से नहीं जीने देते साले। यहाँ भी वही पुराना झगड़ा, वही हमसे बराबरी की रट,'' सेठ जी ने घोर नाराज़गी ज़ाहिर की।

''सेठ जी आप कहें तो उठवा दें।'' पास ही सस्ते सरकारी डिब्बे में पड़े

सेठ जी के नौकर की आवाज़ आई।

''बेवकूफ़ उठे हुए को और क्या उठाएगा? तू तो खुद ही उठा हुआ है भूल गया? यह दुनिया नहीं है जहाँ तू ये सब हरकतें करता था। और तू तो कभी ज़िन्दा था ही नहीं। तू कुछ नहीं कर सकता। तुझे ज़िन्दगी भर झेला है हमने। नालायक। हराम की रोटियाँ तोड़ी हैं तैंने,'' सेठ जी ने उसे झिड़का।

''सेठ जी मैं आपका दुख नहीं देख सकता, मैंने तो जीवन आपकी सेवा में ही जिया, एक्सीडेंट में भी आपके साथ मरा, यहाँ भी आपके पास ही बक्से में हूँ। इसलिए पता ही नहीं चल रहा कि ज़िन्दा हूँ या मर गया। जैसी ज़िन्दगी, वैसी मौत। आपकी सेवा के लिए हमेशा हाज़िर,'' नौकर ने सफ़ाई दी।

''तुम क्यों चुप हो?'' 203 नंबर बक्सेवाले ने 204 नंबर बक्सेवाले से पूछा?

''मैं क्या कहूँ? मुझे तो बस दो दिन बाद एक खूबसूरत-सी लकड़ी के कॉफ़िन में लेटकर ज़िन्दगी भर आराम से सोना है।'' 204 नंबर बक्सेवाले ने आराम से जवाब दिया।

''ज़िन्दगी भर?''

''हाँ, दुनिया में तो कभी चैन से सो नहीं पाया। मरकर शायद ज़िन्दगी मिल जाए और चैन की नींद भी।''

''हाँ-हाँ सेल्फिश, जा सो जा साले। यहाँ तो इतनी बड़ी समस्या आन पड़ी है और इसे नींद की सूझ रही है।''

''थैंक्यू! यहाँ तो चैन से सोने दो यार। बहुत थक गया हूँ जीते-जीते। बहुत लड़ लिया ज़िन्दगी में और ज़िन्दगी से। अब और हिम्मत नहीं। बस गहरी नींद सो जाऊँ। एक ही इच्छा बाकी है,'' 204 नंबर बक्सेवाला बोला।

''इसे छोड़ो यार! यह कॉफ़िनवाला है। उसकी सोचो। स्ट्रेचरवाले की, 205 नंबर के बक्सेवाले ने समझाया।

''स्ट्रेचरवाले (नए) को हम अपने पास कभी किसी भी कीमत पर रात-दिन के लिए नहीं सुला सकते। हमें भी स्वच्छ रहना है और इस जगह को भी स्वच्छ रखना है। न जाने कितने दिन यहाँ रहेगा। इन लोगों के तो आगे-पीछे कोई होता भी नहीं। पता नहीं कोई इसकी लाश भी लेने आएगा कि नहीं?''

203 नंबर बक्सेवाले ने चिंता ज़ाहिर की।

''अगर इसके किसी रिश्तेदार के पास इसको जलाने की लकड़ी जितने पैसे होंगे तो आएगा, नहीं तो इसका क्रियाकरम भी अस्पताल के माथे थोपेंगे। कंगले साले।'' 205 नंबर बक्सेवाला बोला।

''न जाने कितने दिन यहाँ रहेगा? न जाने किसके पास सुलाएँगे? बेचैनी भरी फुसफुसाहटें होने लगीं।

''यार तुम्हारी तो मोर्चरी के कैबिनेट बनाने की फ़ैक्ट्री थी ना? तो तुमने इन लोगों के लिए प्लास्टिक के सस्ते बक्से क्यों नहीं बनवाए? जिनमें इन्हें अलग कमरे में रखते। इनके लिए रिज़र्व्ड रखते।'' 205 नंबर वाले ने 206 नंबर बक्सेवाले से पूछा।

''अगले जन्म में ध्यान रखूँगा। मुझे क्या पता था कि मुझे भी यहाँ इनके साथ रहना पड़ेगा?'' हँसते हुए 206 नंबरवाले ने कहा।

''पर अब क्या होगा?''

''कुछ करो!''

''कुछ तो करो!''

''सब मिलकर करो!''

''क्या करें? हिल तो हम सकते नहीं!''

''तो सोचो।''

''सोचने से भी क्या कर सकेंगे?''

''अब देखो ऊपरवाला ही कुछ करेगा। जीवन भर हमने उसकी आराधना की है। बस इसे यहाँ से हटाओ प्रभु!''

''ऊपरवाला नहीं तो कम-से-कम नीचे वाले ही कुछ करें। इतना सिखाया है हमने उन्हें।''

यह कोलाहल सुनकर मगना को लगा उसका दिल बहुत तेज़ी से धड़कने लगा। उसे लगा वह ज़िन्दा है। मैं ज़िन्दा हूँ! मैं ज़िन्दा हूँ! वह खुश हो गया क्योंकि ये सब बातें तो तभी होती थीं जब वह ज़िन्दा था। उसने उठने की कोशिश की पर लगा शरीर एक झटके के साथ फिर ठंडा पड़ गया। ध्यान दिया तो एहसास हुआ कि वह जिन्दा नहीं है। ज़िन्दा होने का सपना भर देख

रहा है। मरने के बाद भी वही ज़िन्दा होने का सपना जो वह अक्सर ज़िन्दा रहते हुए देखा करता था। इस सपने को देखने की आदत-सी पड़ गई थी। वह अचंभित था। कभी सोचा न था कि मरने के बाद भी वही सब होगा जो ज़िन्दगी में होता था। जब ज़िन्दगी में ही ज़िन्दा नहीं रहा तो अब कैसे? पर उसे लगा कि ज़िन्दा होने की ग़लतफ़हमी में एक बार तो उसकी धड़कन सच में बहुत तेज़ हो गई थी। ऐसी ग़लतफ़हमी उसे जीवन में भी कई बार हुई थी।

कमरे का दरवाज़ा खुला। डॉक्टर, नर्स और कर्मचारियों की टीम अंदर आई।

''यह किसकी डेडबॉडी है? इसे अभी तक मोर्चरी बॉक्स में क्यों नहीं रखा?'' डॉक्टर ने पूछा।

''सर...सर...यह मगना है,'' मेल नर्स ने जवाब दिया।

''तो क्या हुआ? इसका पोस्टमार्टम तो हो चुका है ना?''

''हाँ, सर। पर यह मगना म...है,'' कर्मचारी धीरे से बोला।

''मतलब?'' डॉक्टर ने पूछा।

''यह गटर साफ़ करते-करते दम घुटने से मरा था सर। आप समझ रहे हैं ना?'' नर्स ने समझाया।

''ओ हो! तो?'' डॉक्टर की आवाज़ भी धीमी हो गई।

''तो इसे यहाँ मोर्चरी के किसी बॉक्स में नहीं रख सकते।''

''यह जगह इनके लिए नहीं है। इन लोगों को इन बक्सों में रखेंगे तो फिर इन बक्सों को साफ़ कैसे करेंगे? और साफ़ करने से भी क्या वह स्वच्छ होंगे? फिर से पवित्र होंगे? यह बड़ी समस्या आएगी सर। इसके बाद आने वाली अनजान पवित्र लाशों को अपवित्र बक्सों में रखकर उनके साथ हम यह अन्याय नहीं कर सकते। भगवान हमें माफ़ नहीं करेगा। आप समझ रहे हैं ना सर?'' वार्डबॉय ने समझाया।

वार्डबॉय मुड़ा और झटके से मगना के स्ट्रेचर को दरवाज़े की तरफ मोड़ दिया। स्ट्रेचर के पहियों के फ़र्श के साथ घर्षण की कर्कश आवाज़ के साथ वह स्ट्रेचर को तेज़ी से मोर्चरी के दरवाज़े के बाहर ले गया। ''अरे! अरे! कहाँ ले जा रहे हो मुझे?'' मगना यकायक समझ नहीं पाया। वह हतप्रभ

था। दिमाग पर ज़ोर डाला फिर बोला—ऊपरवाले तेरी व्यवस्था तो अब समझ आई है मुझे। कैसे ? किसने ? कब ? क्यों ? कहाँ ? किसके साथ ? क्या किया। जीवन का यह खेल अब यहाँ आकर समझा। अब जीना सीखा हूँ। भगवान एक ही प्रार्थना है कि तू भी मुझे स्वीकार न कर तो मुझे एक बार फिर से ज़िन्दगी मिल जाए। इस बार सही तरीके से खेलना चाहता हूँ। उसने अपनी अंतिम इच्छा ज़ाहिर की।

चौबीस साल के मगना की डेड बॉडी पोस्टमार्टम के बाद एक फटे पुराने कपड़े में लपेटकर स्ट्रेचर पर रखी थी। एक वार्ड बॉय ने सिर की तरफ़ से कपड़ा पकड़ा और दूसरे ने पैरों की तरफ़ से और अस्पताल की मोर्चरी के बाहर वहाँ पटक दिया जहाँ उसका बाप पहले से घुटनों में सर डाले उकड़ूँ बैठा उसकी लाश का इंतज़ार कर रहा था। उसी का फ़ोन लेकर रिश्तेदारों को उसे दस मिनट में वहाँ से ले जाने का अल्टीमेटम दे दिया गया।

डिब्बा बन्द

वह रोज़ दिन में करीब सौ बार सातवाँ आसमान छूता था, पर न खुशी मिलती न मंज़िल। इतनी बार आसमान छू-छू कर वह घबरा जाता। उसे मितली आने लगती। हर बार वह सातवाँ आसमान छूता, हर बार उसे उसी वक्त नीचे आना पड़ता। वह न ऊपर ठहर सकता था न नीचे। वह न आसमान में उड़ सकता था न ज़मीन पर टिक सकता था। वह एक डिब्बे में बन्द था। बाहर निकलकर खुली हवा में साँस नहीं ले सकता था, आठ घण्टे तक डिब्बे में बन्द होकर ऊपर-नीचे होना ही उसका काम था।

''लो आ गया सातवाँ आसमान, पी.वी.आर. सिनेमा।'' लिफ़्ट से कई लोग बाहर निकले। मॉल की सातवीं मंज़िल का नाम था 'सातवाँ आसमान', उस पर सिनेमा हॉल थे। लोग अपनी मनपसन्द फ़िल्में देखने आते और अपने सपनों की दुनिया में खो जाते। उसका काम था लोगों को उनकी मंज़िल तक पहुँचाना। लिफ़्ट को अब ऊपर से नीचे ले जाना था।

''तीसरी मंज़िल थर्ड फ़्लोर'' एक लम्बे रौबदार आदमी ने उसकी आँखों में आँखें डालकर लिफ़्ट के अन्दर आते-आते उससे कहा।

''पाँचवीं मंज़िल,'' एक सुन्दर युवती जिसके साथ उसकी उम्र से दुगनी उम्र का ठीक-ठाक पुरुष था, ने अन्दर आकर उससे कहा।

''बेसमेन्ट तीन,'' बाईस-चौबीस साल का लड़का जिसे वह अच्छी तरह पहचानता था, ने लिफ़्ट में आकर उससे कहा।

सबने अपनी-अपनी मंज़िल का नम्बर उसे बताया, उसने सभी नम्बरों को वहाँ उतरने वालों के हुलिये से जोड़ कर दिमाग़ में जमा लिया। उसने

पाँचवीं मंज़िल का बटन दबाया। लोग आगे-पीछे होकर जमने ही लगे थे कि लिफ़्ट छठी मंज़िल से पाँचवीं मंज़िल की ओर जाने लगी।

''रोको, रोको,'' हमें पाँचवीं मंज़िल पर उतरना है। मैकडोनल्ड यहीं है ना,'' सुन्दर युवती आगे आकर तेज़ी से बोली, उसके साथ उसका साथी भी लिफ़्ट के दरवाज़े के पास आ गया।

''पाँचवीं मंज़िल अब आयेगी मैडम,'' लिफ़्ट के गेट से थोड़ा दूर उसने हाथ आगे करते हुए कहा।

''फ़िफ़्थ फ़्लोर,'' लिफ़्ट से आवाज़ आई, दरवाज़ा अपने आप खुला और दोनों सवारियाँ बाहर हो लीं। लिफ़्ट का दरवाज़ा खुलते ही सामने मैकडोनल्ड से खाने की महक तेज़ी से लिफ़्ट में आई और भर गई।

''साला जब भी कोई मैकडोनल्ड या 'खाना ख़ज़ाना' रेस्टोरेन्ट के आगे उतरता या चढ़ता है तो खाने की खुशबू भूख बढ़ा देती है। ये लिफ़्ट मैन की नौकरी के चक्कर बड़े अजीब हैं। खुद एक जगह खड़ा रहता हूँ कुछ करता नहीं, चढ़ती-उतरती तो ये लिफ़्ट है, फिर मेरा खाना क्यों इतनी जल्दी पच जाता है? एक जगह खड़े-खड़े ही मैं इतना क्यूँ थक जाता हूँ? और भूख नाम की चुड़ैल जो इस डिब्बे में रहती है, आठ घण्टे मेरे पेट को अपना घर बना लेती है। तुम तो कुछ खाते नहीं ये खाना मुझसे माँगती है।'' सोलह-सत्रह साल का रतन लिफ़्ट के अन्दर उसके सामने की दीवार पर लगे पोस्टर को देखकर मन ही मन बोला। पोस्टर पर रंगीन राजस्थानी पगड़ी और धोती-कुर्ता पहने पचास-पचपन साल के बड़ी-बड़ी मूँछों वाले आदमी का फुल साइज़ फ़ोटो लगा था, जिसके नीचे लिखा था, 'पधारो म्हारे देस रंगीलो राजस्थान।' रतन को वह अपने गाँव के मनोहर काका की तरह लगता। कई दिनों तक वे एक-दूसरे को आँखों में आँखें डाले देखते रहे। फिर जान-पहचान हो गई।

''गुडनाईट काका अब तो रात के दस बजने को हैं। आज का मेरा यह आखिरी चक्कर होगा। दस बजे मॉल बन्द हो जाता है, अब तो शायद ही कोई ऊपर जायेगा। जो ऊपर हैं वो भी दूसरी लिफ़्ट से उतर जायेंगे। आज अपुन को घर जाने की बहुत जल्दी है। भूख साली बहुत सता रही है और रोटियाँ भी खुद को ही सेंकनी हैं,'' उसने दीवार की ओर देख कर कहा।

वह दिन में इसी तरह कई बार काका से बात करता पर काका उसे कोई जवाब नहीं देते। ये बात और है कि वह रोज़ कोई पाँच सौ से सात सौ लोगों के साथ एक ही डिब्बे में इतना सट कर सफ़र करता और उन्हें उनकी मंज़िल तक पहुँचाता, पर कोई उससे बात नहीं करता। सब सिर्फ़ अपनी मंज़िल का नम्बर उसे बताते। हर तीस सैकण्ड में लिफ़्ट एक मंज़िल से दूसरी मंज़िल का सफ़र तय कर लेती और वह अपनी दुनिया से लौट कर लिफ़्ट का बटन अपनी उँगली से दबा देता। अगर उँगली दुखने लगती तो अँगूठे से दबा देता।

बस ये चौबीस-पच्चीस साल का मनचला लड़का जो लिफ़्ट में उसके साथ चढ़ता-उतरता था अक्सर नशे में रहता, उसको चढ़ते समय यह गाना सुनाकर उससे मज़ाक किया करता था—

"मुझको भी तू लिफ़्ट करा दे

थोड़ी सी तो लिफ़्ट करा दे

कैसे कैसों को दिया है ऐसे वैसों को दिया है

चार पैग लगाने हैं चौथी मंज़िल तक पहुँचा दे।

मुझको भी तू लिफ़्ट करा दे जल्दी से"

दोनों एक-दूसरे की ओर देखते और मुस्कुराते। तब से उसने इस गाने को अपनी प्रार्थना बना लिया था। लिफ़्ट में चढ़ती-उतरती दुनिया के रेले में अक्सर वह अकेला होता। जब भी वह ऊपरवाले की कारीगरी को देखता लम्बे-नाटे, दुबले-मोटे, गोरे-काले, तरह-तरह की शक्ल, अक्ल, रंग-बिरंगे कपड़े वाले लोग और उनमें एक ही बात समान देखता वह यह कि सबके हाथों में सामान से भरे हुए बैग, तो वह ऊपरवाले से यह प्रार्थना करनी शुरू कर देता—

"मुझको भी तू लिफ़्ट करा दे,

थोड़ी सी तो लिफ़्ट करा दे

कैसे-कैसों को दिया है, ऐसे वैसों को दिया है।

गाड़ी, बंगला, मोटर कार न दे।

दो टाईम की चैन की रोटी दे दे,

मुझको भी तू रोटी दे दे।"

रोटी से उसे याद आयी सत्या की जो गाँव से उसके साथ शहर आया था। नौकरी करने और अँधेरी कोठरी में उसके साथ रहता था। सत्या को कारख़ाने में नौकरी मिली जहाँ उसके कपड़े रोज़ काले हो जाते। उसे नौकरी मिली मॉल में। शुरू में सत्या उससे बहुत चिढ़ता, कहता—

''वाह रे साब तुझे तो वर्दीवाली नौकरी मिली है, साथ में फ़ोन और सीटी भी और काम-धाम कुछ नहीं।''

कल सत्या उससे यह कह रहा था कि ''मैं इतनी मेहनत कर कारख़ाने से आता हूँ फिर भी इतनी रोटी नहीं खाता, तू इत्ती कित्ती रोटी खाने लगा है, बे! मुझसे नहीं बनती इत्ती रोटी। काम-धाम, मेहनत कुछ नहीं करता। लिफ़्ट में खड़ा रहता है, फिर भी सूते जाता है। अपना समझौता था बराबर घर का काम करेंगे, बराबर ख़र्चा घर के सामान पर करेंगे। अब कल से रोटी तू बनाएगा, सब्ज़ी मैं बनाऊँगा।''

''क्यूँ रे तू मेरी रोटी गिनने लगा है,'' वह थोड़ा दुखी होकर बोला।

''रोटी नहीं गिनूँ तो क्या करूँ, तीन जनों के बराबर खाने लगा है। इत्ती रोटी क्यूँ पकाऊँ, मैं तेरी घरवाली हूँ क्या?'' सत्या बोला। सत्या ने आज रोटी नहीं पकाई। मैंने आज दिन का खाना नहीं खाया। सोचा कि क्या फ़रक पड़ता है रात को घर पर जाकर खा लेंगे पर इस लिफ़्ट में भूखे पेट सौ बार ऊपर-नीचे के चक्कर ने तो बापू याद दिला दिया। वह दीवार की ओर देख कर बड़बड़ाने लगा, फिर उँगलियों पर गिनती करने लगा। शुरू में दिन में मैं तीन रोटी खाता था और शाम को चार कुल मिला के सात, अब मैं शाम को पाँच, छ:, सात कुल मिलाकर ग्यारह बारह...उँगलियों पर गिनती करता-करता वह लिफ़्ट की मंज़िल की गिनती भूल गया।

''अबे क्या गिन रहा है, बटन दबा जल्दी से कहाँ खोया है? लिफ़्टमैन किसने बना दिया तुझे?'' लम्बे रौबदार आदमी ने झटका देकर उसे पीछे धकेला और हाथ आगे बढ़ाकर लिफ़्ट का बटन दबाया पर तब तक लिफ़्ट नीचे दूसरी मंज़िल के लिये रवाना हो चुकी थी।

''पागल है क्या बे? तुझे लिफ़्ट में चढ़ते ही मैंने कह दिया था कि मुझे तीसरी मंज़िल पर उतरना है। मेरी वाईफ को वहाँ से लेना है। चल अब

नीचे मत जा पहले लिफ़्ट को ऊपर ले जा,'' लिफ़्ट दूसरी मंज़िल पर आ चुकी थी। व्यक्ति ने धड़ाधड़ तीन-चार बार ऊपर जाने के लिए तीन नम्बर का बटन दबाया।

''साब लिफ़्ट पहले पूरे नीचे बेसमेन्ट तीन में जाकर ही ऊपर आयेगी,'' वह सहम कर बोला।

''साले गधे! तेरी तो...,'' लम्बे आदमी ने उसके कन्धे पर इतनी ज़ोर से हाथ मारा कि वह आगे की ओर गिर पड़ता, पर उसने लिफ़्ट के दरवाज़े को पकड़ कर खुद को सँभाला।

''चल नाम बता अपना...जल्दी...जानता है, मैं कौन हूँ? अभी आऊट कराता हूँ साले को!'' यह कह कर उसने फिर रतन के कंधे को झटका दिया।

''र...र...रतन!'' वह मुश्किल से बोल पाया।

''रतन! कोयला है तू तो किसने नाम रख दिया?'' आदमी ने मुँह बिगाड़ते हुए कहा।

लिफ़्ट नीचे की ओर रवाना हो चुकी थी। उसने अपनी गर्दन झुका ली और यह याद करने लगा कि अगली सवारी कहाँ उतरेगी, पर कुछ याद नहीं आया। यह सोचकर कि दोबारा वह किसी सवारी को मंज़िल तक पहुँचाने में चूक न कर दे, उसने ग्राउण्ड फ़्लोर का बटन दबा दिया। लिफ़्ट रुक गई, पर न कोई अन्दर आया न बाहर गया।

''तेरा सिर फिर गया है रे! तुझे याद नहीं कि ग्राउण्ड फ़्लोर पर रोकने के लिये हम दो सवारियों में से किसी ने भी तुझे नहीं कहा था,'' लम्बा आदमी बोला।

उसने सिर ऊपर उठाया तो दीवार पर काका से उसकी नज़रें मिलीं। वह बड़बड़ाने लगा—

''आठ घण्टे से पहली मंज़िल, दूसरी मंज़िल, तीसरी, चौथी, पाँचवीं, छठी, सातवीं मंज़िल, ग्राउण्ड फ़्लोर, लोअर ग्राउण्ड और तो और सालों ने ज़मीन के अन्दर भी मंज़िलें बना दी हैं, बेसमेन्ट वन, बी–2, बी–3 किसका दिमाग नहीं घूमेगा? आसमान में उड़ना याद रखूँ कि ज़मीन में गढ़ना याद रखूँ? हर तीस सेकण्ड में तो लिफ़्ट को बटन दबाकर रोकना पड़ता है। साला

कुछ सोच भी नहीं सकता। थोड़ा-सा सोचने क्या लगा कि चूक हो गई। मेरी गिनती तो हमेशा सात पर आकर रुक जाती है। सात से आगे रोटी भी नहीं खा सकता। साला सत्या,'' वह बड़बड़ाता रहा—

''सत्या ने कभी मॉल नहीं देखा, लिफ़्ट नहीं देखी। जब पहली बार मेरे साथ लिफ़्ट से बेसमेन्ट में उतर रहा था तो डर गया, बोला—'धरती के अन्दर इतनी दुकानें, रोशनी। सच बता रे ये ज़िन्दा हैं या मुर्दे? मैं ज़िन्दा वापस बाहर भी निकल पाऊँगा या नहीं? कौन से कब्रिस्तान में ले आया है रे मुझे?' फिर सत्या मुझसे कहता है, 'तू ठीक है यार रोज़ कब्रिस्तान की सैर करता है वो भी कई बार अन्दर-बाहर, जब तू मरेगा तो तेरे को फ़रक नहीं पड़ेगा, जैसी ज़िन्दगी ज़मीन के अन्दर वैसी ज़मीन के ऊपर, डिब्बे में बन्द, ज़िन्दगी मौत एक जैसी।' ''

''ट्र्यूँ...ट्र्यूँ...ट्र्यूँ,'' लिफ़्ट की आवाज़ से वह चौंका। लिफ़्ट में अब कुल दो आदमी ही थे। मनचला लड़का जिसे सबसे नीचे बी-थ्री में ले जाना था और वह लम्बा आदमी जिसे फिर तीसरी मंज़िल पर ले जाकर फिर नीचे ले जाना था। उसे लगा कि चलो ज़्यादा मंज़िलें याद नहीं रखनी हैं। दिमागी टेन्शन कम होते ही उसका ध्यान भूख ने खींच लिया। उसकी नसें खिंचने लगी थीं। उसे लगा कि अब वह और खड़ा नहीं रह सकता, उसे याद आया कि वह कई घण्टों से खड़ा है। उसने लिफ़्ट की दीवार के सहारे कमर टिकाई और एक पैर को पीछे की ओर उठाकर सहारा लिया और एक हाथ से पेट को दबा लिया। आज का यह आख़िरी चक्कर उसे बहुत भारी लगने लगा था।

अचानक उसकी निगाहें लम्बे आदमी से जा मिलीं। वह हिम्मत जुटा कर बोला—

''माफ़ करना साब गलती हो गई, वो मैं...कुछ सोचने...''

''बेवकूफ़,'' लम्बा आदमी गुस्से से बोला।

मनचला लड़का जो शायद कुछ पैग लगाकर नीचे उतर रहा था, अपनी चुप्पी तोड़ कर बोला—

''यार तेरी गलती नहीं है, तू डिब्बा बन्द सामान है, सील्ड पैक्ड वो भी बिना प्रिज़र्वेटिव का। बस तेरी उँगली में दम है, छिपकली की पूँछ जैसा हा...

हा...हा...,'' वह तेज़ी से हँसा।

''बी-थ्री'' लिफ़्ट से आवाज़ आई और लिफ़्ट खुली। मनचला लड़का उसे खुद की दो उँगलियाँ हिला कर बाय कह कर बाहर निकल गया।

उसने फिर ऊपर तीसरी मंज़िल पर जाने वाला बटन दबाया। दोनों चुप थे।

''थर्ड फ़्लोर,'' बोलकर लिफ़्ट रुकी और दरवाज़ा खुला। दरवाज़ा खुलते ही 'खाना खज़ाना' से खाने की खुशबू लिफ़्ट में भर गई। सामने थोड़ी दूर पर एक प्रेगनेन्ट औरत 'खाना खज़ाना' के बड़े-बड़े पैकेट लेकर खड़ी थी। उसे देखते ही लम्बे आदमी ने हाथ हिलाया। रतन को ना जाने क्या हुआ और ड्यूटी के वक्त लिफ़्ट से बाहर न निकलने के सारे कायदे कानून ताक पर रखकर बाहर निकल गया। उसने मैडम की मदद करने की गरज़ से उनके भारी भरकम थैले उठाये, जो कि काफ़ी गर्म थे और लिफ़्ट में आया। उसे पता था कि सी.सी.टी.वी. कैमरे में उसकी यह हरकत कैद हो रही होगी।

लिफ़्ट को अब सातवें आसमान पर ले जाना था। वह भी चाहता था कि लिफ़्ट ऊपर न जाकर सीधे नीचे चली जाये। उसका हौसला पस्त हो चुका था। वहाँ पहुँचने पर उसने सीधे नीचे जाने का बटन दबाया। लिफ़्ट तेज़ी से नीचे जा रही थी बेसमेन्ट के लिये। उतनी ही तेज़ उसका पेट भी अन्दर धँस रहा था। हाथ में इतना दम नहीं था कि वह पेट को दबाये। उसका सिर चकराने लगा। उसने बहुत कोशिश की कि वह खड़ा रहे और संभ्रांत स्त्री-पुरुष को उनकी मंज़िल तक पहुँचा दे, पर उसकी टाँगें जवाब दे चुकी थीं। उसे लग रहा था कि वह एक डिब्बे में बन्द है और साँस नहीं ली जा रही है, लगा मानो ज़मीन के बहुत अन्दर बी-थ्री से भी बहुत नीचे उसे पाताल में दफ़्न होने के लिये उतारा जा रहा है। उसकी आँखें बन्द हो रही थीं। वह लिफ़्ट की दीवार के सहारे नीचे धँस चुका था। अचानक उसका हाथ उठा और उसकी उँगली ने बी-थ्री बटन दबाया और उसने इस सुकून के साथ आँखें बन्द कर लीं कि आखिरी सवारी को उसने मंज़िल तक पहुँचा दिया।

मैं नहीं

वह जेल में बंद था। फाँसी की सज़ा हुई थी, पर उसके देश में कोई जल्लाद नहीं था जो उसे फाँसी दी जा सके। जल्लाद का पद खाली था।

पिस्तौल से पाँच राउंड फ़ायर किए थे उसने, पाँच बड़े सरकारी अफ़सरों की हत्या की थी। हर एक गोली से एक शिकार हुआ था। उसे पता नहीं था कि उसका निशाना इतना अच्छा है। सब वहीं ढेर हो गए थे। वह भागने में सफल नहीं हो सका। जगह ऐसी थी जहाँ से वह भाग ही नहीं सकता था। पाँच साल हो गए थे फाँसी पर झूलने का इंतज़ार करते हुए। रोज़ लगता था कि कल अगर किसी ने जल्लाद की नौकरी कर ली तो उसकी मौत निश्चित है।

रोज़ उसे फाँसी के फंदे पर लटके होने के सपने आते। फाँसी पर लटकने के बाद उसकी बॉडी को नीचे उतारा जा रहा है, डॉक्टर चेक कर रहा है, नब्ज़ देख रहा है, उसके दिल की धड़कन चेक कर रहा है कि कहीं वह ज़िन्दा तो नहीं। वह डॉक्टर को धक्का देकर दूर हटाता है। कभी उसे नींद में कच-कच कैंची चलने की आवाज़ आती है। उसे पता चलता है कि उसकी बॉडी का पोस्टमार्टम हो रहा है। वह हाथ-पैर इधर-उधर मारता है और अनजाने डर से उसकी आँख खुल जाती है। वह अपने शरीर पर हाथ फेर-फेर कर देखता है कि कहीं कुछ कटा हुआ तो नहीं है।

अब इतने सालों में उसे ऐसा लगने लगा था कि जैसे फाँसी का फंदा उसके गले में परमानेंट फ़िट हो गया हो। दिन में जागते हुए भी उसे ऐसा लगता कि फाँसी की रस्सी उसके गले में पड़ी है। कभी भी एक झटका लगेगा और उसकी साँसें थम जाएँगी। अब तो उसे ऐसा भी लगने लगा था कि फाँसी का

फंदा उसके वस्त्रों का एक अभिन्न हिस्सा है। कोट-पैंट के साथ जैसे टाई होती है वैसे जेल के कुर्ते-पाजामे के साथ फंदा एक वस्त्र है। नींद में लगता कि उसकी टाई की नॉट को कोई धीरे-धीरे कस रहा है और वह पसीना-पसीना होकर उठ बैठता। वह दिन भर अपनी गर्दन पर हाथ फेरता रहता। फाँसी का फंदा उसे दिखाई नहीं देता पर उसकी जकड़न उसे हमेशा महसूस होती रहती। उसे खूँखार अपराधी मान कर अलग अँधेरी छोटी-सी कोठरी में बंद कर दिया गया था।

एक रात उसे सपना आया कि फाँसी का फंदा फूलों की माला में बदल गया है। उसे बहुत आराम महसूस हुआ। उसने सुना कि जिन लोगों को फाँसी की सज़ा हुई है और जल्लाद नहीं होने के कारण फाँसी पर नहीं चढ़ाया जा रहा है, उन्हें सरकार ने रिहा कर दिया। नर्म मुलायम फूलों की खुशबू वाली माला उसके गले में पड़ी थी और वह काफ़ी प्रसन्न हो रहा था। उसने देखा कि वह जेल के फाटक के बाहर निकल रहा है और उसके घरवाले उसके स्वागत में और भी फूलों की मालाएँ उसके गले में डाल रहे हैं। उसका गला फूलों की मालाओं से भर गया। उसे लगा कि वह बहुत सालों बाद मुस्कुरा रहा है। खुशी के मारे उसके दिल की धड़कन बढ़ गई और वह उठ कर बैठ गया। जब जेल की कोठरी का अँधेरा देखा तो वह खुद से कहने लगा कि निवासन ज़्यादा मत उड़, बैठ जा तू भी क्या सपने देख रहा है, कोठरी में लौट आ।

वह ज़मीन पर लेट गया और उसने कंबल ओढ़ लिया। देखा कि उसके गले में फिर फूलों की बहुत-सी मालाएँ पड़ी हैं। वह लेटा है, शांति से। बहुत ज़्यादा शांति है। इस बार उसके आस-पास उसके घरवाले खड़े हैं, माँ, पत्नी, बच्चे, बहन, भाई सभी फूट-फूट कर रो रहे हैं। उसके दिल की धड़कन फिर तेज़ हुई। वह पसीना-पसीना हो गया और उठकर बैठ गया। उसने खुद से कहा, ''भाई सपना तो यही सच है तुझे इसी तरह से फाँसी के फंदे से छुटकारा मिलेगा और फूल की मालाएँ भी तू इसी तरह से पहन पाएगा।''

इतने सालों से फाँसी का इंतज़ार करते हुए वह बहुत परेशान हो उठा था। जब अंत यही है तो जल्दी क्यों नहीं आता? यह रोज़-रोज़ कब तक फाँसी चढ़ाते रहोगे? मार क्यों नहीं डालते? जब सज़ा सुनाई है तो जल्दी से

फाँसी दो। ज़िन्दा तो वैसे भी नहीं हूँ।

सुबह हो गई थी उसकी कोठरी की सलाखों के बाहर एक संतरी चहलकदमी कर रहा था। वह सलाखें पकड़कर अंदर से ज़ोर से चिल्लाया, ''अरे सालों! फाँसी क्यों नहीं देते मुझे? मुझे फाँसी चढ़ाओ! जल्दी से! जाओ तुम्हारे जेलर को बुलाओ उससे कहो कि मुझे नहीं जीना है, फाँसी चढ़ाओ, मुझे जल्दी से फाँसी चढ़ाओ कहते-कहते उसने कोठरी की सलाखों पर सिर मारना शुरू कर दिया। उसका सिर खून से लथपथ हो गया था। संतरी ने आकर उसे पकड़ा। कुछ और लोग आए तब तक वह बेहोश होकर गिर चुका था।

जब होश आया तो देखा कि वह एक ठीक-ठाक से कमरे में बिस्तर पर है, शायद अस्पताल है। सिर पर मोटी पट्टियाँ बँधी हैं। खून चढ़ाया जा रहा है। सामने डॉक्टर, नर्स और पुलिसवाले खड़े हैं। उन्हें देखते ही वह फिर से चिल्लाया, ''फाँसी दो मुझे फाँसी दो, मुझे फाँसी चाहिए यही मेरा इलाज है। सच मानो मैं मर चुका हूँ। मेरा पोस्टमार्टम करके देख लो। सच में अब मेरे अंदर कुछ नहीं बचा है। यह धड़कन चल रही है जो बंद होने के लिए सिर्फ़ फाँसी का इंतज़ार कर रही है। मुझे फाँसी दो!'' इतना बोलकर वो फिर से बेहोश हो गया। कुछ समय बाद थोड़ा होश आया तो उसमें आँखें खोलने की हिम्मत न थी।

~

निवासन जिस देश का रहने वाला था, वहाँ फाँसी देना कानूनन वैध था, लेकिन पिछले कोई तीस सालों से किसी को फाँसी नहीं दी गई थी। अभी तक वहाँ पर बलात्कार, मादक पदार्थों की तस्करी और हत्या के लिए आजीवन कारावास ही दिया जाता था। राष्ट्रपति ने घोषणा की कि इन अपराधों के लिए अब वे आजीवन कारावास नहीं अपितु फाँसी की सज़ा का प्रावधान करेंगे। वे मादक पदार्थों की तस्करी करने वालों को जल्द-से-जल्द फाँसी देना चाहते हैं। न्याय मंत्रालय ने पहले ही घोषणा की थी कि मादक पदार्थों की तस्करी के मामले में अड़तालीस लोगों को फाँसी की सज़ा दी गई थी, इनमें से तीस ने आगे

अपील की है, इसलिए अभी अट्ठारह दोषियों को फाँसी दी जानी है। सरकार के पिछले जल्लाद मलंग के पाँच साल पहले बीमारी के चलते इस्तीफ़ा देने के बाद कोई स्थाई जल्लाद वहाँ नहीं था। कुछ ही समय के बाद मलंग की मृत्यु भी हो गई थी।

पाँच साल पहले बीमारी के रहते जल्लाद के पद से इस्तीफ़ा देने के कुछ समय बाद ही पिता जी की अचानक मृत्यु हो गई। घर चलाने वाला कोई नहीं था। निवासन तेईस साल का था पर कोई नौकरी नहीं थी। पाँच साल की छोटी बेटी, पत्नी, दो छोटे भाई-बहन और माँ—परिवार में कुल छह सदस्य थे। पिताजी के जाने के बाद कुछ सालों में उनकी सारी जमापूँजी खत्म हो गई। परिवार को खाने-पीने के लाले पड़ने लगे। पिताजी की मृत्यु के बाद सरकार ने जल्लाद के पद की वैकेंसी भी निकाली। परिवारवाले, दोस्त सभी ने निवासन को समझाया कि तू यह नौकरी कर ले, घर के हालात सँभल जाएँगे, पर वह नहीं माना। इसके बाद घर के हालात बिगड़ते ही चले गए। माँ ने बिस्तर पकड़ लिया, छोटी बच्ची के स्कूल की फ़ीस न होने के कारण वह घर बैठ गई, छोटे भाई के पास दसवीं के प्राइवेट आवेदन करने के पैसे भी नहीं थे, छोटी बहन पढ़ाई में होशियार होने के बावजूद बारहवीं के बाद घर बैठ गई। पत्नी की तबीयत भी अक्सर खराब रहने लगी। इलाज के पैसे नहीं थे। घरवाले भी उसे दोष देने लगे थे कि अगर वह अपनी अकड़ छोड़ देता और नौकरी कर लेता तो उनको सड़क पर न आना पड़ता।

अचानक एक दिन अखबार में ख़बर आई कि नया जल्लाद फाँसी का फंदा देखते ही सदमे में चला गया और उसने इस्तीफ़ा दे दिया। इस घटना से सरकार को फिर से जल्लाद की वैकेंसी निकालनी पड़ी। घरवालों को जब इस बात का पता चला तो वे सभी उसकी ओर हसरतों से ताकने लगे।

''बेटा देख ले, कर सकता हो तो कर ले। घर के हालात सुधर जाएँगे,'' माँ ने धीमी आवाज़ में कहा।

''क्या बात करती हो माँ! तुम अच्छी तरह से जानती हो कि मैं यह काम नहीं कर सकता। मैं इतना हिम्मतवाला नहीं हूँ,'' वह बोला। रहने दो माँ आप नहीं जानतीं कि निवासन भैया तो कभी किसी बच्चे को थप्पड़ भी नहीं मार

सकते, कितने नरम दिल हैं। फिर क्यों इनको यह काम करने को कह रही हो ?'' बहन ने रुँआसी होते हुए कहा। ''तो क्या करेंगे कुछ तो करें। यह तो खानदानी धंधा है, कर सकते हैं। कुछ नहीं होगा, भगवान का नाम लेना और अपनी ड्यूटी निभाना। और कोई रास्ता भी तो नहीं है। फिर भगवान बार-बार मौका नहीं देता है। तुम्हें तो दूसरा मौका दिया है। कर लो। सरकारी नौकरी समझकर लो,'' पत्नी ने समझाया।

''क्या है भैया इतना सोचने की क्या ज़रूरत है? यह तो देश सेवा है। देश की तरक्की के लिए, सुरक्षा के लिए बुरे लोगों को इस देश से दूर करना ही होगा,'' छोटा भाई उसका मनोबल बढ़ाते हुए बोला।

''पापा मुझे गुलाब जामुन खाने की बहुत इच्छा है, मुझे स्कूल भी जाना है, किताबें लानी हैं,'' नन्ही चुनमुन बोली।''पर मैं यह काम नहीं कर सकता। तुम लोग समझते क्यों नहीं ?'' निवासन ने चिल्लाकर कहा और सिर पकड़ कर बैठ गया।

कुछ दिनों की गहन कशमकश के बाद और घर के बिगड़ते हालात को सुधारने के लिए और कोई रास्ता न देख निवासन ने अपने दिलो-दिमाग पर पत्थर रखकर जल्लाद के पद के लिए आवेदन कर दिया। खानदानी पेशा होने एवं पिता की बीमारी और असमय मौत को देखते हुए उसे अस्थाई रूप से जल्लाद के पद पर ले लिया गया। उसने घर आकर यह खबर सुनाई, ''कल से मुझे जल्लाद की नौकरी के लिए जेल जाना है।'' वह नहीं जानता था कि यह खुशी की खबर है या दुख की।

''सच भैया! यह तो खुशखबरी है, माँ, भाभी, भैया को नौकरी मिल गई है। मिठाई लाता हूँ।'' छोटा भाई बाज़ार जाने के लिए मुड़ा।

''चुप बैठ,'' निवासान ने छोटे भाई का हाथ खींचा और उसे वहीं बैठा दिया।

माँ का चेहरा भी उतर गया था, पत्नी दुखी थी पर बच्चों की वजह से उसे रोकना नहीं चाहती थी। बहन तो रोने ही लग गई।

कुछ महीनों की ट्रेनिंग के बाद निवासन फाँसी देने के सभी गुर सीख गया था, हालाँकि वह रोज़ यही दुआ करता था कि भगवान मुझे कभी वह

दिन न दिखाना। काम सीख गया वहीं तक ठीक है, पर परीक्षा न लेना।

पर एक दिन परीक्षा की घड़ी आ ही गई। एक मुजरिम को फाँसी पर लटकाने की तारीख तय हो चुकी थी। मुजरिम को फाँसी चढ़ाए जाने के कोर्ट के ऑर्डर की एक प्रति निवासन को भी थमाई जा चुकी थी। उसे लगा कि जैसे उसे परीक्षा का टाइम टेबल मिल चुका है। इसके साथ ही उसे फाँसी के फंदे को जाँचने-परखने एवं फाँसी की सभी तैयारियाँ करने के निर्देश दिए गए।

निवासन ने उस जगह और उस स्थान का निरीक्षण किया जहाँ मुजरिम को फाँसी देनी थी। उसने अपने दिलो-दिमाग पर पत्थर रख लिया और ट्रेनिंग के दौरान जो बातें उसे सिखाई गई थीं कि उसे स्वयं को तटस्थ कैसे रखना है आदि सब कुछ अपने मन-मस्तिष्क में अच्छी तरह बैठा लिया। फिर उसने अपने आप को समझाया, ''देख निवासन, तू तो किसी को नहीं मार रहा। सरकार ने, जज ने, एक नहीं कई जजों ने इसे फाँसी की सज़ा सुनाई है। यह जीने के लायक नहीं है। इसका गुनाह बहुत बड़ा है। कितने मासूम लोगों को मारा है इसने। ऐसे लोग ज़िन्दा रहे तो इंसानियत, देश-दुनिया सभी खतरे में हैं। तू एक अच्छा काम करने जा रहा है। दुनिया को, देश के लोगों को बचाने का। ऐसे खूँखार दरिंदों को तो मार ही दिया जाना चाहिए। इसे फाँसी नहीं दी तो ऐसे और पैदा हो जाएँगे। फिर कितने मासूम मारे जाएँगे। बेगुनाह लोगों को कौन बचाएगा ? चल! ड्यूटी नहीं की तो सरकारी नौकरी चली जाएगी। घरवाले भूखों मर जाएँगे। तीसरा मौका नहीं मिलने का। सोच मत, आगे बढ़ और अपना काम पूरा कर। तू कोई क्रायर थोड़े ही है जो देश के दुश्मनों को न मार सके। तुझे करना ही है। इसका कोई विकल्प नहीं। मैं करूँगा और अच्छी तरह करूँगा।'' उसने खुद से पक्का वादा किया।

निवासन ने ज़ोर-शोर से फाँसी की तैयारियाँ शुरू कर दीं। उसने रेत से भरे बोरों को लटकाकर फाँसी का ट्रायल किया। रेत के बोरों को फाँसी चढ़ा-चढ़ा कर उसने अपने अंदर की नरमी को खत्म करने का प्रयास किया। इस तरह वह उस रस्सी की मज़बूती की भी जाँच करता जो फाँसी देने के काम आने वाली थी। उसने उस फुट बोर्ड (पाटिए) को भी चेक किया जिसे फाँसी देने के लिए काम में लिया जाता है। इसके बाद उसने फाँसी देने वाली

रस्सियों पर साबुन और पके हुए केले को घिसा ताकि वह चिकनी हो जाएँ और मुजरिम के गले पर आसानी से कस जाएँ। जब भी उसका मनोबल कम होने लगता वह तुरंत ही अपने आपको हिम्मत दिलाता कि उसके पिता भी तो यही काम करते थे। वे तो कभी विचलित नहीं दिखाई देते थे। उसने जेलर को रिपोर्ट की कि उसकी तैयारी पूरी है। फाँसी का तख्ता, फाँसी का फंदा, लीवर, रस्सी सब चेक कर लिए हैं।

वह शाम को ही उस स्थान पर पहुँच गया जहाँ फाँसी दी जानी थी। आखिरी जाँच करने के बाद कि सब ठीक है, उसने शाम का भोजन किया। उसने थोड़ी पी भी ली, ताकि वह थोड़ा हल्का रहे। फिर बहुत जल्दी बिस्तर पर लेट गया था ताकि मानसिक और शारीरिक रूप से संयमित रह सके।

समय इतनी तेज़ी से बीत रहा था कि निवासन को कुछ सोचने की फुर्सत अब नहीं थी। वह रात को ढाई बजे उठा और उसने रस्सी का फंदा बाँधा। इसी समय सभी अफ़सर भी प्रांगण में इकट्ठे हो गए। इनमें जेल सुपरिंटेंडेंट, लोकल मैजिस्ट्रेट कुछ सीनियर पुलिस अफ़सर और एक डॉक्टर भी मौजूद था।

फाँसी के तय समय तीन बजे से पाँच मिनट पहले मुजरिम को फाँसी के फंदे तक ले जाया गया। पहले उसे उसके जुर्म और सज़ा के बारे में बताया गया। निवासन ने उसके हाथ उसके पीछे बाँध दिए और नीचे से दोनों पैर भी बाँध दिए। इसके बाद निवासन ने भगवान से प्रार्थना की ताकि स्वयं भी किसी तरह के पश्चाताप से मुक्त रह सके। फिर उसने मुजरिम से कहा, ''भाई साहब हम तो हुकुम के गुलाम हैं।

हमें माफ़ कीजिएगा

हिन्दू भाई को राम-राम

मुस्लिम भाई को सलाम

हम तो हैं हुकुम के गुलाम।''

ये पंक्तियाँ उसने अपने पिताजी को कई बार गुनगुनाते हुए सुना था। इतना कहकर उसने मुजरिम के सिर पर टोपा पहना दिया और अब वह लोहे के लीवर को पकड़ कर खड़ा हो गया तथा लीवर को खींचने के लिए सिग्नल का इंतज़ार करने लगा। उसने एक नज़र मुजरिम के शरीर पर डाली, वह काँप

रहा था। इतने में उसे सिग्नल मिला। न जाने उसे क्या हुआ वह खुद समझ नहीं पाया, वह ज़ोर से चिल्लाया मानो पागल हो गया हो, ''सालों मुझे क्या समझ रखा है। बरसों से सबसे कह रहा हूँ कि मैं यह काम नहीं कर सकता।'' उसने मुजरिम की टोपी उतार कर फेंक दी और फंदा भी उसके गले से निकालने लगा। यह सब देखकर दूर खड़े गार्ड आगे आ गए और उसे पकड़ने लगे। उसने उन्हें ही पीटना शुरू कर दिया। गार्ड ने उसे कस कर पकड़ लिया। वह छूटना चाहता था, वह भागना चाहता था। इस दम घोटू माहौल से, जल्लाद की नौकरी से, जीवन की मजबूरियों से। वह निराशा के पाताल में गिर गया था। उसमें अब बदला लेने की भावना जाग गई थी, वह दुनिया से बदला लेना चाहता था जिसने उसे यह सब करने पर मजबूर किया। इस धरपकड़ में उसके हाथ में गार्ड की गन आ गई और उसने उनके चंगुल से छूटने के लिए, जल्लाद बनने से बचने के लिए अंधाधुंध फ़ायरिंग कर दी। सामने आए पाँच लोग—जेल के सुपरिंटेंडेंट, मैजिस्ट्रेट एक डॉक्टर, सीनियर पुलिस अफ़सर और जेलर एक अस्थाई जल्लाद की फाँसी से नहीं परंतु एक बेरोज़गारी के हाथों मजबूर युवक द्वारा गोलियों से मारे जा चुके थे।

❑❑❑

राजपाल एण्ड सन्ज़ की स्थापना एक शताब्दी पूर्व 1912 में लाहौर में हुई थी। आरम्भिक दिनों में अधिकतर धार्मिक, सामाजिक और देश-प्रेम की पुस्तकें प्रकाशित होती थीं और हिन्दी के अतिरिक्त अंग्रेज़ी, उर्दू व पंजाबी भाषा में भी पुस्तकें प्रकाशित की जाती थीं।

1947 में भारत-विभाजन के बाद राजपाल एण्ड सन्ज़ को नए सिरे से दिल्ली में स्थापित किया गया और साहित्यिक पुस्तकों के प्रकाशन का आरम्भ हुआ। रामधारी सिंह दिनकर, महादेवी वर्मा, बच्चन, अज्ञेय, शिवानी, आचार्य चतुरसेन, विष्णु प्रभाकर, राजेन्द्र यादव, मोहन राकेश, रांगेय राघव, कमलेश्वर और अन्य साहित्यिक लेखकों की कृतियाँ यहाँ से प्रकाशित होने लगीं। राजपाल एण्ड सन्ज़ से प्रकाशित *मधुशाला, कुरुक्षेत्र, मानस का हंस, आवारा मसीहा, कितने पाकिस्तान, आषाढ़ का एक दिन* जैसी पुस्तकें हिन्दी साहित्य की 'क्लासिक पुस्तकें' मानी जाती हैं और आज भी लोकप्रियता के शिखर पर हैं। भारत के राष्ट्रपतियों और प्रधानमंत्रियों की पुस्तकें प्रकाशित करने का गौरव भी राजपाल एण्ड सन्ज़ को प्राप्त है। नोबेल पुरस्कार से सम्मानित अर्थशास्त्री डॉ. अमर्त्य सेन की सभी पुस्तकों के हिन्दी अनुवाद यहाँ से प्रकाशित हैं। अन्तरराष्ट्रीय चर्चित पुस्तकों के अनुवाद, विश्वविख्यात कोशकार डॉ. हरदेव बाहरी द्वारा सम्पादित 'राजपाल' शब्दकोशों की शृंखला और किशोरों के लिए सैकड़ों पुस्तकें राजपाल एण्ड सन्ज़ से प्रकाशित हुई हैं।

पाठकों के स्वस्थ और सुरुचिपूर्ण मनोरंजन और ज्ञानवर्धन के लिए समर्पित राजपाल एण्ड सन्ज़ से हिन्दी और अंग्रेज़ी में पुस्तकें प्रकाशित होती हैं जो देश के सभी बड़े पुस्तक-विक्रेताओं और विश्व भर के ऑनलाइन विक्रेताओं के यहाँ उपलब्ध हैं।

राजपाल एण्ड सन्ज़

1590 मदरसा रोड, कश्मीरी गेट, दिल्ली-6, फोन: 011-23869812, 23865483
email: sales@rajpalpublishing.com, facebook: facebook.com/rajpalandsons
website: www.rajpalpublishing.com